Vest versprochen

Lukas Brückner

18.4.23

Viel Freude beim Schmökern wünsche ich.

Lukas Brückner

Verlag Rudolf Winkelmann
Recklinghausen

ISBN 978-3-938850-23-7

 • Bild: Sandra Hechler

Herstellung:
Schützdruck GmbH, Oerweg 20, 45657 Recklinghausen

Wer ist dabei

Bernd Westermann: Hauptkommissar mit einer fürsorglichen Frau

Volker „Rolli“ Rollbach: Freund und sportlicher Kollege von Westermann

Marlene Judithsen: Kollegin, sitzt Westermann gegenüber, nach längerem Krankenstand wieder im Dienst

Ernst Wichmeyer: unglücklicher Gewinner und Gourmet

Evelyn Wichmeyer: Ernsts Ehefrau und vom Pech verfolgt

Simon Wichmeyer: verstorbener Gastronom

Bruno Wichmeyer: windiger Zeitgenosse und Neffe der Wichmeyers

Barbara Wiertz: Gründerin einer Tippgemeinschaft mit Problemen

Annegrete Feldmann: Freundin Evelyns und Temperamentbündel

Ulrich Dackmann: Lotto-Gewinner mit Vatersorgen

Michael Dackmann: Sohn Ulrichs mit einem durch Geld beeinflussten Sinneswandel

Ein Goldfisch und Diverse

Kapitel 1

Gedämpftes Kaisergemüse und Hähnchen.

Hauptkommissar Bernd Westermann seufzte tief. Seine liebe Ehefrau hatte es wieder einmal gut mit ihm gemeint. Wobei „gut“ in diesem Fall bedeutete, dass sie für ihn auf seine Figur achtete. Seit Monaten versorgte sie ihn für die Arbeit mit Brotzeiten, die dabei helfen sollten, seinen „Wohlfühlhügel“ am Bauch zu verringern.

Statt seines geliebten Schlodderkappes, was nichts anderes als ein herzhafter Weißkohleintopf war, bekam er nun blanchierten Mangold serviert. Sogar die rheinischen Schnippelbohnen mussten inzwischen sauren Linsen weichen.

Während sich Westermann den ersten Bissen genehmigte, überlegte er angestrengt, ob sein Vater sich jemals in einer ähnlichen Situation befunden hatte. Allerdings wurde ihm schnell bewusst, dass dies wegen seiner Mutter völlig ausgeschlossen war. Deren Kochkünste bestanden nämlich aus dem gezielten Einsatz von Bratkartoffeln, einer Ignoranz gegenüber Fettreduziertem und mehr Rezepten für gedeckten Apfelkuchen als einer schlanken Linie lieb sein konnte.

Jetzt könnte man annehmen, dass Westermann einfach die leichte Kost aufessen und sich danach noch etwas Deftigeres gönnen würde. Schließlich musste seine Frau davon nichts erfahren. Eine Taktik, die nicht nur so mancher Ehemann gerne anwandte. Allerdings gehörte Frau Westermann nicht zu der Art Gattin, die solch einer Sache gegenüber blind war. Sie kannte ihren Mann in- und auswendig. Sollte er schummeln, dann würde sie das nicht nur seiner Taille ansehen können.

Also fügte Westermann sich seinem Schicksal und tröstete sich mit dem Wissen, dass seine Frau ihn zwar gesünder, aber nicht übermäßig schlank haben wollte.

„Seit wann isst du denn sowas?“, erklang die glucksende Stimme einer jungen Frau vom Eingang seines Büros her. Dort stand Marlene Judithsen, seine Kollegin, mit der er sich normalerweise das Büro teilte. Da sie sich aber beim Mountainbike fahrenn schwere Verletzungen zugezogen hatte, war sie für mehrere Monate ausgefallen und hatte sich auskuriert. Letzteres klang vielleicht einfach, aber Westermann wusste, wie alleine schon Marlenes linker Arm kurz nach dem Unfall ausgesehen hatte.

Darum wanderte sein Blick auch kurz dahin, bevor er lächelnd erwiderte: „Wir haben alle so unsere Leute, die es gut mit uns meinen."

Dann stand er auf und umarmte sie herzlich. „Schön dich wieder hier zu haben. Irre ich mich, oder solltest du nicht erst nächste Woche wieder hier auftauchen?"

„Ja, schon. Ich habe aber beim Arzt eine vorzeitige Begnadigung durch braves Mitmachen der Genesungsübungen herausschlagen können. Natürlich mit der Auflage, mich nicht zu überanstrengen und zunächst mehr auf den Bürodienst zu konzentrieren. Als wäre ich aus Glas. Hier, guck mal." Sie ballte die Linke mehrfach und ließ die schmalen Schultern kreiseln. Außer ein paar Narben am Arm, schien sie wirklich nichts vom Unfall davongetragen zu haben.

Westermann schmunzelte und deutete auf ihren Schreibtisch. „Bei so viel überschüssiger Energie kannst du dich ja gleich wieder den Akten widmen. Rolli war so nett und hat in deiner Abwesenheit deinen Platz nicht nur warm, sondern auch ordentlich gehalten."

„Sieht eher so aus, als wäre ihm das Warmhalten besser gelungen als das Bearbeiten der Akten." Sie ließ sich auf ihren Platz fallen, startete den Computer und knackte mit den Knöcheln. „Dann schauen wir doch einmal, was der Tag bereithält."

Bevor sie ihren ersten Tastenschlag tun konnte, läutete ihr Telefon. Eine andere Aufgabe verlangte nach Aufmerksamkeit. Nur beinhaltete sie keine Schreibarbeit, sondern eine Leiche.

Etwa eine halbe Stunde später hielt Westermanns Wagen in der Nähe des Stadthafens am Umspannwerk Recklinghausen. Judithsen stieg aus und drückte den Rücken durch. Für sie waren viele Autos zu niedrig, weshalb sie sich eine gekrümmte Sitzhaltung beim Fahren angewöhnt hatte. Während sie in den taubengrauen Himmel schaute, konnte sie in der Ferne das Rauschen des Rhein-Herne-Kanals hören. Offenbar fuhren ein paar der wenigen Fahrgast- und Güterschiffe wieder an dem zum Teil unter

Denkmalschutz stehenden Hafengelände vorbei. Ihr Blick fiel auf ein kleines weißes Haus mit grauen Schindeln, auf denen sich erstes Herbstlaub sammelte.

Wie um zu unterstreichen, dass die dritte Jahreszeit angebrochen war, kam ein Windstoß auf, der an ihrer Jacke zerrte und das Laub rascheln ließ. Fröstelnd zog Judithsen die Jacke enger, strich sich die blonden Strähnen aus der Stirn und folgte Westermann, vorbei an den Einsatzwagen und dem Absperrband, hinein ins Haus. Dabei fiel ihr auf, dass sich kaum einer der Anwohner oder zufälligen Passanten für den Einsatz zu interessieren schien.

Muss eine ziemlich ruhige Wohngegend sein, überlegte sie und zog die Eingangstür hinter sich zu. Der Flur vor ihr führte ein paar Stufen hinauf und teilte sich dann. Sie beschloss nach rechts zu gehen, denn dort wurde Westermann gerade von ihrem Kollegen Volker „Rolli" Rollbach begrüßt.

„Rolli, bist du eigentlich jemals nicht der Erste an einem Tatort?", fragte sie scherzhaft und gab ihm die Hand.

„Schön dich wiederzusehen“, erwiderte er. „Und um deine Frage zu beantworten: du hast jederzeit die Chance, mich zu überholen.“

„Was haben wir denn hier?“, mischte sich Westermann ein und nickte in Richtung eines Raumes, der wohl das Wohnzimmer war. Dort beschäftigte sich gerade die Spurensicherung damit, Fotos zu machen und Gegenstände einzutüten.

Hauptfokus dieser Fotos war ein alter Mann, der zusammengekrümmt auf einem roten Fransenteppich lag. Seine graubraunen Augen konnte man nur schwer erkennen, so sehr waren die Lider verquollen und verkrustet, als hätte er sehr lange und heftig weinen müssen. Die Linke lag an der Kehle, die Rechte war in den schwarzen Wollpullover oberhalb des Bauches gekrallt.

Er wirkt, als wäre er vom Blitzschlag überrascht worden, dachte Judithsen.

Rollbach schlug seinen Notizblock auf, blätterte kurz und las dann vor: „Ernst Wichmeyer, 83 Jahre alt. Seine Frau Evelyn Wichmeyer hat ihn vorhin so gefunden, nachdem sie vom Einkaufen zurückgekommen ist.“ Er deutete auf den Esstisch hinter der Leiche. Auf diesem standen zwei Gedecke, eines davon benutzt, wahrscheinlich vom Toten. Es hat anscheinend Tomatensalat, Fisch und Kartoffeln gegeben. Dazu einen Rotwein.

„So wie es aussieht, hat Herr Wichmeyer in der Abwesenheit seiner Frau Besuch bekommen und mit diesem gegessen. Irgendetwas ging schief, er sprang auf, schmiss dabei den Stuhl um und hat es noch bis hierher geschafft. Würde mich nicht wundern, wenn die Toxikologie etwas findet.“

Westermann legte bedächtig den Kopf schief. „Schön und gut, Rolli, aber wieso ist dies ein Fall für uns? Es könnte auch genauso gut sein, dass er ohne seine Frau mit dem Essen angefangen hat. Welchen Grund gibt es von einer Straftat auszugehen?“

„Wegen des Geldes…“

Die Stimme, die diese Worte mehr flüsterte als sprach, kam von einer alten Dame, die wie aus dem Nichts im Türrahmen zum Wohnzimmer erschienen war. Das schlohweiße Haar hing ihr halb über die rotgeweinten Augen und

Wangen. In den Händen hielt sie ein stark zerknittertes Taschentuch.

„Frau Wichmeyer!“ Rollbach trat eilig auf sie zu und stellte sich so vor sie, dass er ihr den Blick ins Zimmer versperrte. Einmal den Anblick ihres toten Mannes ertragen zu müssen, war genug. „Verzeihen Sie, aber die Spurensicherung ist hier gerade beschäftigt. Könnten wir vielleicht in einem der anderen Räume miteinander reden?“

Sie schien durch ihn hindurch zu sehen. Hinter ihr erschien ein junger Kollege mit puterrotem Kopf. Er hätte auf sie aufpassen sollen und formte nun stumm die Worte „Sie sagte, sie wollte nur aufs Klo!“. Rollbach warf ihm einen kurzen Blick zu und befreite ihn mit einem kurzen Nicken aus seiner Peinlichkeit.

„Frau Wichmeyer?“, versuchte er es nochmal. Diesmal reagierte sie und sah ihn direkt an.

„Was, oh, ja, Entschuldigung … ich war ganz in Gedanken.“

Sie versuchte, einen Schritt nach hinten zu machen und wankte leicht. Rollbach griff sie vorsichtig an den Schultern und fragte: „Geht es Ihnen nicht gut? Sie sehen plötzlich so blass aus. Brauchen Sie einen Arzt?"

„Nein, nicht … habe eben auch keinen gewollt."

„Ich hole einmal etwas Wasser", meinte Judithsen und wollte an ihnen vorbei. Doch kaum dass sie Frau Wichmeyer passiert hatte, wimmerte diese auf und sackte gegen die Wand. Rollbach schaffte es gerade so sie zum Boden gleiten zu lassen. Die alte Dame mochte zwar schmal gebaut sein, doch wie alle Menschen, folgte sie dem ungeschriebenen Gesetz bei einem Zusammenbruch steinschwer zu werden.

Es wirkte geradezu skurril, dass in dem Moment zwei Herren mit der Trage für den Leichenabtransport hereinkamen. Westermann seufzte und griff zum Smartphone.

Keine zwanzig Minuten später befand sich Frau Wichmeyer am Tropf und wurde in einen Krankenwagen verladen, der sie zum nahe gelegenen Elisabeth Krankenhaus fahren sollte. Gerade als Rollbach miteinsteigen wollte, ertönte hinter der Absperrung sehr laut und deutlich aufgeregt: „Evelyn? Um Gottes Willen, Evelyn! Was ist denn passiert?“

Rollbach wandte den Kopf. Eine Dame, deren Gesicht vom sandbraunen Fransenrand ihrer Kapuze eingerahmt wurde wie von einer Löwenmähne, versuchte unter dem Absperrband hindurch zu kommen. Allerdings erwies sich ihre rote Jacke als etwas zu gut gefüttert fürs Bücken.

„Ich kümmere mich darum“, meinte Westermann. „Fahr du los und ruf mich an, wenn sich ihre Lage gebessert hat. Junge Frau, ich glaube, wenn Sie so weitermachen, dann haben Sie das Absperrband gleich durch.“

„Jung war ich vor 60 Jahren“, erwiderte die Angesprochene völlig außer Atem. Endlich hatte sie ihr Hindernis überwunden. Nur um Auge in Auge mit Westermann zu stehen, der sie höflich anlächelte. „Was ist mit Evelyn?“

„Frau Wichmeyer hatte wohl einen Schwächeanfall. Mein Name ist im Übrigen Bernd Westermann. Hauptkommissar Westermann. Mit wem habe ich denn das

Vergnügen?“

„Annegrete Feldmann. Evelyn und ich sind alte Schulfreundinnen. Ein Schwächeanfall, sagen Sie? Du lieber Himmel! Die Ärmste. Aber Moment, warum ist denn die Polizei dann da?“

In dem Augenblick fuhren der Krankenwagen und Leichenwagen los. Frau Feldmanns Aufregung war, während sie sprach, immer größer geworden. Im gleichen Maße nahm dabei auch ihre Lautstärke zu.

Nicht nur von der Kapuze her eine Löwin, fuhr es Westermann durch den Kopf und er deutete zum Eingang. „Ich verstehe ihre Aufgebrachtheit. Wenn Sie mir bitte folgen würden, dann könnte ich Ihre Fragen drinnen in aller Ruhe beantworten. Im Gegenzug könnten Sie mir dabei helfen, Licht in eine Angelegenheit zu bringen.“

Kapitel 2

Annegrete Feldmann schien keine Frau zu sein, die leicht von einem eingeschlagenen Weg abzubringen war. Selbst als sie von Westermann im Flur des Hauses über Herrn Wichmeyers Tod informiert worden war, blieb sie thematisch bei Frau Wichmeyer. Dass die Arme jetzt ganz allein sei. Wie es denn mit ihr weitergehen solle. Und so weiter und so fort. Ihre Stimme überschlug sich dabei fast, so schnell feuerte sie die Worte über ihre Lippen nach draußen hin ab.

Erst Westermanns Frage, ob sie irgendwelche Feinde der Familie kennen würde, ließ sie stocken und sie bedachte ihn mit einem völlig verständnislosen Blick.

Wie oft das doch klappt, dachte er und fuhr fort: „Wissen Sie, Frau Wichmeyer machte vor ihrem Zusammenbruch eine Bemerkung, die mich zu dieser Frage kommen lässt."

„Ernst und Evelyn hatten noch nie Feinde. Sie sind mit den meisten Menschen gut zurechtgekommen, indem sie Ärger zu umschiffen wussten. Ich kenne keine anderen Menschen, die mehr Verständnis, Empathie und Geduld für ihr

Umfeld besaßen. Nein, Herr Hauptkommissar, da vertun Sie sich aber gewaltig. Welche Bemerkung hat die arme Evelyn denn gemacht?“

„Nun, als es um die Frage nach einem Motiv ging, erwähnte sie Geld. Können Sie sich daraus einen Reim machen?“

In Frau Feldmanns braunen Augen begann es, gefährlich zu funkeln. Sie verzog die Mundwinkel und schürzte den Mund, als hätte sie in etwas Bitteres oder Saures gebissen.

„Ha! Oja, das kann ich tatsächlich. Sie meinte bestimmt diesen verteufelten Lotto-Gewinn von vor Kurzem! Der hat nur für Knatsch gesorgt!“

Keine Feinde, aber Ärger wegen Geld? Nach Westermanns langjähriger Diensterfahrung gehörte das Eine oft zum Anderen.

„Wie meinen Sie das?“

„Ganz einfach. Evelyn und Ernst sind in einer Tippgemeinschaft. Gegründet hat diese die Barbara Wiertz, eine langjährige Freundin der Familie. Vor fast einem Monat hat die Gruppe das große Los gezogen und eine Million gewonnen! Das müssen Sie sich einmal vorstellen. Eine Million!“ Sie gestikulierte wild in der Luft herum. „Das war natürlich der große Moment. Nur dann soll es Knatsch innerhalb der Gruppe über die Verteilung des Geldes gegeben haben. Oder so etwas in der Art. Evelyn erwähnte etwas von ihrem Neffen. Das ist ein Schwachmatikus sage ich Ihnen. Wenn der etwas mit der Geschichte hier zu tun hat, dann…“

Westermann hob die Hände und meinte beschwichtigend: „Einen Augenblick bitte. Bevor wir uns jetzt in wilden Spekulationen verlieren, wüsste ich zunächst einmal gerne, wie dieser Neffe heißt und wo wir ihn finden könnten.“

„Bruno Wichmeyer heißt er. Wo der Kerl wohnt, weiß ich nicht. Er hat aber drüben in der Nähe von Recklinghausen Süd einen Laden. Wie hieß der noch …? Ah, ja, ich glaube, es war Pott-Bude oder so. Der Name sagt doch schon alles.“

„Wer war denn außerdem in den Knatsch um das Geld verwickelt?“

Frau Feldmann runzelte nachdenklich die Stirn und legte dabei den Kopf zurück. Dann zuckte sie mit den Schultern und meinte: „Da bleibt eigentlich nur noch die Barbara übrig. Immerhin gehört es als Tippgemeinschaftsgründerin zu ihren Aufgaben sich um Gewinnverteilungen zu kümmern. Außerdem sind sie und dieser Bruno sich noch nie grün gewesen. Umso heftiger soll daher auch der Streit gewesen sein. So wie ich das zumindest verstanden habe. Naja, jedenfalls wohnt die Barbara inzwischen in Hochlarmark.“

Westermann schrieb sich die Adresse auf und geleitete anschließend Frau Feldmann hinaus. Diese machte sich sofort im energischen Eilschritt auf den Weg zum Krankenhaus, um unbedingt für ihre Freundin da sein zu können.

Während der Ermittler mit ihr beschäftigt war, begutachtete Judithsen die Wohnung. Ihre Kollegen von der Spurensicherung hatten das Meiste inzwischen schon abgesucht, so dass sie sich einigermaßen frei bewegen konnte.

Ihr fiel auf, dass die Wichmeyers ein Faible für Italien haben mussten. Darauf wiesen Kleinigkeiten hin, wie zum Beispiel Mini-Figuren italienischer Bauwerke in den Wohnzimmerregalen und der Schriftzug „Bella cucina. Bella vita." über dem Eingang zur Küche. In letzterer befand sich auf den ersten Blick allerdings kein einziges Kochbuch, das stand in Judithsens Augen für ein Selbstverständnis und Verinnerlichen von Kochen und Küche, welche sie selber nie erreichen würde. Frei Schnauze Kochen endete bei ihr immer mit Pizza-Lieferdienst.

Eigenartig fand sie wiederum, wie fein und säuberlich alles beschriftet war. Sogar die Besteckschublade hatte ein Etikett bekommen. Zwei Handschriften ließen sich unterscheiden. Eine dicke Rundliche in Druckbuchstaben. Eine Dünne, die über das jeweilige Papierstück zitterte, als wäre der Schreiber sich nicht sicher gewesen, ob er dies hätte schreiben sollen.

Judithsens Blick wanderte über einen Wasserkocher, der einem grünen Blechkessel ähnelte, hin zum Ofen mit Induktionsherdplatte. Beides sah schon sehr in die Jahre gekommen aus. Generell schien alles, was sie bisher an

Einrichtungsgegenständen gesehen hatte, zwar gut gepflegt, aber auch schon lange im Gebrauch zu sein.

Sparfüchse, fuhr es Judithsen durch den Kopf. Ob der Geldgewinn daran etwas geändert hatte?

Sie beschloss sich die obere Etage auch anzusehen. Dort stolperte sie in einem Raum, der seiner Einrichtung nach wohl ein Arbeitszimmer sein sollte, über ein gerahmtes Bild. Es zeigte das Ehepaar Wichmeyer zusammen mit einem jungen Mann an einem gedeckten Tisch. Dem fehlenden Grau in Herrn Wichmeyers Haaren nach zu urteilen handelte es sich um eine ältere Aufnahme.

Judithsen griff danach und betrachtete den jungen Mann genauer. Normalerweise glaubte sie nicht daran, dass jemand wie aus dem Gesicht geschnitten aussehen konnte. Diese Einstellung rührte nicht zuletzt daher, dass ihr noch nie jemand begegnet war, auf den diese Aussage passte. Doch hier blickte ihr ein Gesicht entgegen, von dem man meinen konnte, dass Herr Wichmeyer einen jungen Klon besaß. Stechende Augen, spitze Wangenknochen,

Grübchen am Kinn. Als hätte Gott „Kopieren und Einfügen“ gedrückt, dachte sie.

„Sieht so aus, als müssten wir auch einen Angehörigen informieren“, meinte sie, als sie kurz darauf die Treppe im Eingangsbereich hinabschritt. „Das hier sieht mir ganz nach dem Sohn aus.“

Westermann nahm ihr das Bild ab.

„Komisch ist nur, dass ich bloß diese eine Aufnahme gefunden habe.“

Und dazu noch ein schwarzer Rahmen, dachte Westermann. Ihm kam der Verdacht, dass Frau Wichmeyer nicht nur diesen aktuellen Verlust zu verkraften hatte.

„Ist dir sonst noch etwas aufgefallen?“

„Nicht wirklich. Kein Giftschrank oder so vorhanden.“ Judithsen grinste breit.

Westermann seufzte. „Kann es sein, dass Rolli dich in deiner Krankenzeit zu oft besucht hat? Den Witz hat er schon vor zwei Wochen gebracht.“

„Verdammt! Kennt der Mann wirklich jeden halbschlechten Scherz?“

„Mit Sicherheit. Es wundert mich nur, dass mancher Kollege bei ihn deshalb nicht schon allergisch reagiert.“

Judithsen riss ihre blaugrünen Augen auf und ihre Stirn warf tiefe Falten. Seit sie den Toten gesehen hatte, waberte ein Gedanke in ihrem Unterbewusstsein herum, den sie bis jetzt nicht hatte greifen können. Eine ferne Erinnerung, die jetzt laut anklopfte.

„Mensch, Bernd, ich bin doch eine Schlafmütze! Das Gesicht von Herrn Wischmeyer habe ich so schon einmal gesehen. Oder eher ich kenne wen, der so eine ähnliche Gesichtsverformung hatte. Du bist doch schon einmal meinem Cousin begegnet. Der hat eine Apfelallergie. Vor Jahren hat er einmal nicht aufgepasst und sah im Gesicht dann aus wie ein blauroter Ballon!“

„Also ein anaphylaktischer Schock? Das würde dann Vorsatz bedeuten, denn Herr Wichmeyer hätte bestimmt darauf geachtet, dass er nichts für ihn Schädliches zu sich nimmt.“ Westermann wog nachdenklich den Rahmen in den Händen. „Aber wie gesagt, es ist nur Konjunktiv. Mich interessiert im Moment eher die Situation mit dem Geld. Und dafür haben wir definitiv jemanden als Ansprechpartner hier in der Nähe.“

Während Judithsen sich bemühte wieder in den Wagen einzusteigen, verstaute Westermann das Foto ordnungsgemäß im Kofferraum.

Als er den Motor startete, erzählte er ihr von der doch recht emotionalen Begegnung mit Frau Feldmann.

Tja, dachte Judithsen schmunzelnd, die Frauen im Ruhrgebiet haben Charakter.

Kapitel 3

Büdchen. Ein Wort, das jeder Ruhrgebietler kennt. Es steht nicht nur für einen simplen Kiosk. Für viele Leute ist diese jahrzehntealte Art der Trinkhalle ein sozialer Treffpunkt. Je nachdem, wo man sich im Ruhrgebiet bewegt, ändert sich auch das jeweilige Klientel. Männer mittleren Alters, die sich zum Quatschen und Trinken dort treffen, Karaoke-Freunde und Poetry Slammer sind nur ein Teil davon. Wie kleine Punkte der Geschichte stehen die Büdchen über das ganze Ruhrgebiet verteilt und schmiegen sich dezent ins jeweilige Stadtbild ein.

Das Büdchen „Pott-Bude" gehörte allerdings nicht unbedingt zu den hippen Trinkhallen. Der Laden sah von außen betrachtet sogar recht nichtssagend aus. Das Ladenschild hatte leichte Risse und die Schrift schien schon etwas zu lange Wind und Wetter ausgesetzt zu sein. In den zwei kleinen Schaufenstern stapelten sich diverse Flaschen und Dosen, deren Etiketten nach innen gedreht waren, und ein kläglicher Rest an Snack-Tüten. Im linken Fenster hatte man sogar halb die Gardine vorgezogen. Es schien fast so, als wollte die „Pott-Bude" inmitten der zwischen

Recklinghausen Süd und Herne sporadisch verteilten Läden nicht auffallen.

„Sieht für mich so aus, als wäre Herr Wichmeyer nicht auf einem grünen Ast gelandet“, bemerkte Judithsen salopp und öffnete die Eingangstür.

Westermann verkniff sich einen Kommentar, dass es eigentlich ein grüner Zweig sein müsste. Doch so wie Rollbach seine schlechten Witze riss, verwechselte Judithsen gelegentlich Phrasen und Sprichwörter. Oder sie schmiss diese gleich völlig zusammen.

Eine leise Klingel ertönte. Im Laden selber sah es sehr ordentlich aus. Alles war fein beschriftet und ordentlich sortiert.

Wie der Eindruck doch täuschen kann, dachte sich Westermann. Als sein Blick jedoch auf die geforderten Preise fiel, wurde ihm bewusst, warum der Laden nicht nur nach außen hin einsam aussah. Bei diesen Beträgen war es kein Wunder, dass im Laden gähnende Leere herrschte.

Es stand nur ein untersetzter Mann Ende Zwanzig hinter

der Verkaufstheke und spielte wenig enthusiastisch auf seinem Smartphone herum. Doch als er die Ermittler sah, schob er dieses hastig zur Seite, streckte seine Gestalt und zeigte breit grinsend seine Zähne. Diese glänzten fast wie poliertes Porzellan. Das schwarze Haar, welches in einem Zopf ihm über die linke Schulter hing, wies einen öligen Schimmer auf.

„Ah, Kundschaft. Womit kann ich Ihnen helfen?“

„Hauptkommissar Westermann und Kommissarin Judithsen. Sind Sie Herr Bruno Wichmeyer?“, fragte Westermann, während sie ihre Marken vorzeigten.

„Der bin ich. Sagen Sie bloß, Sie sind dienstlich hier?“ Bei diesen Worten huschte für den Bruchteil einer Sekunde Unsicherheit über das strahlende Grinsen. „Ich kann Ihnen versichern, dass all meine Ware hier nicht vom Laster gefallen ist.“

„Dafür sind wir auch nicht von der richtigen Abteilung“, entgegnete Judithsen.

Erneut flackerte Herrn Wichmeyers Grinsen.

„Nicht? Ja, woher denn dann?“

„Wir sind von der Mordkommission.“

Diesmal sackten die Mundwinkel deutlich nach unten, bevor sie im nächsten Atemzug wieder aufwärts zuckten. „Ach, wirklich?“, erwiderte Herr Wichmeyer mit einem kurzen Zittern in der Stimme. „Brauche ich etwa ein Alibi?“

Interessant, dass er gleich für sich in die Defensive geht, dachte sich Judithsen. Normalerweise fragt man doch eher erst nach dem „Warum“, oder nicht?

Westermann räusperte sich. „Herr Wichmeyer, es tut mir leid Ihnen dies mitteilen zu müssen, aber man hat ihren Onkel, Herrn Ernst Wichmeyer, heute Mittag tot aufgefunden.“

Das erste Anzeichen einer schockierten Erkenntnis trat bei Herrn Wichmeyer nicht im Gesicht, sondern an den Händen auf. Seine Finger drückten sich so fest auf die Thekenplatte, dass ihre Spitzen weiß hervortraten und man die einzelnen Handknochen sehen konnte. Erst dann folgte

Stück für Stück die Entgleisung im Gesicht.

„Ihre Tante hatte ihn gefunden und befindet sich momentan im Elisabeth Krankenhaus in ärztlicher Behandlung wegen des Schocks“, fuhr Westermann fort.

„Oh, ok“, murmelte Herr Wichmeyer und schluckte langsam. Er strich sich über das spitze Kinn und starrte auf einen Punkt zwischen den beiden Ermittlern. Sein Blick wirkte glasig.

„Ich weiß, das ist viel auf einmal und mit Sicherheit wollen Sie gleich zu ihr. Könnten wir Sie dennoch ein paar Dinge fragen?“

Herr Wichmeyer blinzelte langsam und schüttelte kurz den Kopf, als würde er aus einem Traum aufwachen. Dann schob sich wieder ein Grinsen in sein Gesicht, welches in Westermanns Augen eher einer Maske ähnelte.

„Das sind wirklich schreckliche Nachrichten! Natürlich will ich gleich zu Evelyn, aber wenn ich Ihnen dabei helfen kann die Hintergründe zu beleuchten, dann tue ich das selbstverständlich gern. Was wollen Sie denn wissen?“

Schon wieder atypisch, stellte Judithsen fest. Will er denn gar nicht wissen, was passiert ist?

Ein Seitenblick verriet ihr, dass ihr Kollege Ähnliches zu denken schien.

„Zunächst einmal die von Ihnen schon aufgegriffene Routinefrage“, meinte dieser und zog sein Smartphone hervor, um sich Notizen zu machen. „Wo waren Sie heute den Tag über?“

Herr Wichmeyer winkte kurz mit der Linken in den Raum hinein. „Mein Laden öffnet um neun Uhr am Morgen. Wegen Vorbereitungen bin ich deshalb schon seit Acht hier. Das hat sich bis zu dem Zeitpunkt, wo Sie hereinkamen auch nicht geändert.“

„Kann das jemand bestätigen?“

Eines musste Westermann Herrn Wichmeyer lassen: der junge Mann gab wirklich sein Bestes, um nicht den Hauch von Spott in sein Grinsen gleiten zu lassen. Nur ein Kräuseln der Augenbrauen deutete darauf hin, dass er die Frage für dumm hielt, als er antwortete: „Nun, ich hatte zwar einige Kunden, aber ich bezweifle, dass einer von ihnen sich an seinen Besuch hier exakt erinnern kann oder mir ein Alibi liefern könnte. In dem Fall müssen Sie wohl meinem Wort glauben." Er lachte unsicher auf.

Westermann verzog nicht um einen Millimeter sein Gesicht und fragte weiter: „Wann haben Sie Ihren Onkel oder Ihre Tante denn zuletzt gesehen?"

„Ach, das ist schon etwas her. Ich hatte viel zu tun in den letzten Tagen und es gab auch nichts Weltbewegendes, weswegen man sich hätte sehen müssen."

„Wirklich? Uns wurde gesagt, dass es vor Kurzem einen Streit wegen Geldes gegeben haben soll."

Ehrliche Verblüffung zeichnete sich in Herrn Wichmeyers Gesicht ab. „Ähm, ach, das hat man Ihnen gesagt? Naja, das war nur eine Kleinigkeit, nichts Erwähnenswertes." Er winkte beschwichtigend ab und schüttelte leicht amüsiert den Kopf.

Will der uns verarschen?, dachte Judithsen und blickte wieder zu ihrem Kollegen rüber. Auch ihm schien die Art, wie ihr Gegenüber mit den Fragen umging, befremdlich. Wobei Westermann mit Sicherheit das Verhalten kritischer betrachtete, da er noch sehr gut das Gespräch mit Frau Feldmann vor Augen haben durfte.

„Sie sind der Erste, der mir begegnet und über einen Streit, der eine Million betrifft, meint, dass es nichts Erwähnenswertes wäre“, meinte Westermann und machte sich eine Notiz. Dabei fiel ihm durchaus auf, wie sein Gegenüber die Tippbewegungen mit den Augen verfolgte.

„Naja, also Streit wäre zu viel gesagt. Eine Meinungsverschiedenheit beschreibt es eher besser.“ Der rechte Zeigefinger erhob sich. „Außerdem ging diese nicht von mir aus, das kann ich Ihnen versichern!“

„Sondern?“

„Nun, wenn sie schon von dem Gewinn wissen, dann wissen sie mit Sicherheit auch, dass diese Birgit Wiertz Teil der Tippgemeinschaft ist.“ Herr Wichmeyer stockte kurz. „Moment, hat sie Ihnen etwa eingetrichtert, dass ich wegen meines Gewinnanteils Terz gemacht hätte?“, fragte er und ein bissiger Unterton schlich sich in seine Stimme.

„Ist sie etwa auch gerade bei meiner Tante im Krankenhaus?“

„Niemand hat irgendwem etwas eingetrichtert. Und nein, Frau Feldmann ist bei Ihrer Tante, nicht Frau Wiertz.“

Diese Antwort schien nicht besonders viel Gefallen hervorzurufen. Herr Wichmeyers Gesicht zuckte links kurz, so als hätte er Zitrone auf eine offene Stelle an der Oberlippe geträufelt bekommen.

„Oh, ok, das ist gut.“ In seiner Stimme schwang ein ablehnender Unterton mit, der den Worten Lüge strafte. „Also, diese Wiertz hatte schon immer etwas gegen mich. Keine Ahnung, warum. Darum hat sie auch damals sich so aufgeregt, als ich über meinen Onkel in die Tippgemeinschaft eingestiegen bin. Dabei ist das doch ein freies Land, wo man mitmachen kann, wo auch immer man will! Naja, jedenfalls war mein Eintritt etwa vier Tage vor dem nächsten Tippen gewesen. Normalerweise wird dazu aus einem gemeinsamen Topf das Geld dafür verwendet. In den konnte ich aber noch nicht einzahlen, weil es zeitlich nicht möglich gewesen war. Wofür ich nichts konnte, das will ich einmal sagen! Aber diese Wiertz meinte dann, als der Gewinn da war, dass ich gar kein Recht darauf hätte. Ich sei ja erst kurz dabei und hätte nichts beigesteuert. Dabei habe ich die Tippgemeinschaftsregel unterschrieben und bin dadurch offizielles Mitglied geworden, was mich wie jeden der Anderen dazu berechtigt den gleichen Anteil am Gewinn zu erhalten."

Bruno Wichmeyers Stimme wurde beim letzten Satz kurz lauter.

„Aber Sie haben das Geld dennoch bekommen, richtig?"

„Ja, natürlich! Mein Onkel hat sich für mich eingesetzt. Das müssen Sie sich mal vorstellen. Für mein eigenes Geld muss ich mir helfen lassen, weil diese Frau meinte, die Chefin raushängen zu lassen!"

„Ich verstehe", meinte Westermann betont ruhig. „Und danach war die Angelegenheit erledigt?"

„Ja, auch wenn ich mir vorstellen kann, dass sie mir das immer noch krumm nimmt. Glauben Sie mir, mit dem Gewinn und den daran beteiligten Personen hat der Tod meines Onkels nichts zu tun.“ Herr Wichmeyer winkte stockend ab, sah für ein paar Sekunden zur Decke und wandte mit einem gewinnenden Lächeln seinen Blick wieder den Ermittlern zu. „Keine Ahnung, wer Ihnen, wie auch immer, die Idee zu dieser Verbindung gegeben hat. Ich wünschte wirklich, dass ich Ihnen gerade weiterhelfen könnte. Aber mir fällt nichts ein und ich mache mir auch immer mehr Sorgen um meine Tante, wie Sie sich ja denken können. Darum würde ich jetzt gerne zum Krankenhaus fahren und mich um Sie kümmern.“ Er griff unter die Theke, zog ein Notizheft hervor und schrieb seine Nummer nieder. „Hier, bitte. Ich werde mir auf jeden Fall Gedanken darüber machen, wer etwas gegen meinen Onkel gehabt hätte. Und natürlich stehe ich Ihnen bei weiteren Fragen jederzeit zur Verfügung.“

Die Art, wie er sie anschließend aus dem Geschäft herauskomplimentierte, erinnerte Judithsen an die eines windigen Versicherungsvertreters, der es plötzlich sehr

eilig hatte.

Zurück am Wagen schüttelte sie irritiert den Kopf.

„Was zum Geier war das denn jetzt?“ Sie stützte sich auf dem Autodach ab. „Bei dem Kerl passt doch so einiges nicht zusammen. Oder hast du schon einmal jemanden erlebt, der so auf eine Todesnachricht reagiert?“

„Nicht in der Form, nein“, antwortete Westermann, öffnete die Fahrertür und setzte sich.

„Glaubst du ihm, dass die Sache mit dem Geld so einfach abgelaufen ist?“

„Was ich glaube und was ich beweisen kann, sind zwei Paar Schuhe. Lass uns jetzt lieber Frau Wiertz besuchen und ihre Seite der Geschichte einholen. Vielleicht ergibt sich dabei auch etwas Verwertbares für ein Motiv Verwertbares.“

Er schloss die Wagentür, startete den Motor und während seine Kollegin Anstalten machte einzusteigen, fuhr ihm ein Gedanke durch den Kopf. Wenn Bruno Wichmeyer tatsächlich vor Wochen etwa 200.000 Euro gewonnen hatte, warum sah man ihm davon nichts an und auch nicht dem Laden?

Kapitel 4

Rollbach hasste Krankenhäuser. Gut, das war bei den meisten Menschen nicht unbedingt verwunderlich. Viele mochten Krankenhäuser nicht, weil dort Kranke waren. Daraus folgte für diese Menschen häufig das Gefühl selber krank zu sein oder zu werden.

Bei Rollbach war die Abneigung aber eher geruchsbedingt. Er konnte einfach den dortigen Geruch, der einer Mischung aus klinischer Reinheit und muffigem Dahinsiechen für ihn gleichkam, nicht ausstehen. Aber weil es nun einmal ab und zu Teil seiner Arbeit war, sich in Krankenhäusern aufzuhalten, blieb ihm nichts anderes übrig. Ja, er hatte es irgendwann sogar soweit mit sich vereinbaren können, dass er freiwillig die Aufgabe übernahm ins Krankenhaus zu gehen und sich dort seiner Abneigung zu stellen. Quasi als Konfrontationstherapie.

Auf der Fahrt hin zum Elisabeth Krankenhaus hatte Frau Wichmeyer erneut einen Schwächeanfall erlitten. Zwar wurden ihr Stabilisatoren verabreicht, sie blieb aber sehr blass und laut den Bemerkungen der Sanitäter schien ihr Puls viel zu flach zu sein.

Man verfrachtete Frau Wichmeyer daher im Eilverfahren aus dem Notfallfahrzeug und hinein ins Krankenhaus, wo eine Frau Doktor Knopfler sie empfing. Diese wies Rollbach an, dass er im Eingangsbereich warten solle, sie würde auf ihn zurückkommen.

Nachdem er eine Weile gewartet hatte, beschloss er Westermanns Nummer zu wählen, um zu sehen, ob dieser etwas Neues herausgefunden hatte. Noch ahnte er nicht, dass bereits die nächste Aufregung auf ihn zu kam. In dem Fall bestand sie aus einer älteren Dame, die schnurstracks auf ihn zu stapfte und dabei im Gesicht die Röte eines Menschen mit Lampenfieber aufwies.

„Guten Tag“, schnaufte sie. „Ich nehme mal an, dass sie zu Herrn Westermann gehören? Mein Name ist Annegrete Feldmann und ich habe vorhin mit ihm geredet, als sie losgefahren sind. Daher weiß ich auch, was los ist und wo Evelyn hingebracht wurde. Wie geht es denn der Armen? Gibt es schon etwas Neues?“

Rollbach blinzelte verdattert. Trotz der scheinbaren Atemnot feuerte Frau Feldmann die Worte ihm nur so entgegen.

Zudem starrte sie ihn mit einem Blick an, dessen forderndes Stechen nur Damen eines bestimmten Alters zu beherrschen schienen. Seine Großmutter verstand es nämlich auch, diesen gekonnt einzusetzen.

Da er sich aber nicht an ihre Ankunft erinnern konnte, erwiderte er zunächst eher verhalten: „Guten Tag. Ja, ich bin ein Kollege Herrn Westermanns. Volker Rollbach mein Name. In welchem Verhältnis stehen Sie bitte zu Frau Wichmeyer?“

„Na, ich bin eine alte Freundin von ihr! Was ist nun mit Evelyn?“

„Es tut mir Leid, aber dazu kann ich Ihnen im Moment nichts sagen. Frau Wichmeyer befindet sich noch in Behandlung. Verzeihung, aber wie haben Sie es eigentlich so schnell hier hin geschafft?“

Stolz huschte funkelnd über Frau Feldmanns Gesicht und sie erwiderte: „Ich kenne mich mit jeder Abkürzung hier im Gebiet aus. Es hilft, wenn man so gut wie ich Autofahren kann.“

Und bestimmt beinhaltet das auch etwas, nunja, illegalere Straßenmanöver, fuhr es Rollbach durch den Kopf.

„Wann kann ich denn zu Evelyn?“, bohrte die Dame nach.

„Das kann ich Ihnen nun wirklich nicht sagen. Sie befindet sich, wie gesagt, noch in Behandlung und danach muss ich erst einmal sehen, ob sie in der Lage ist, mir ein paar Fragen zu beantworten. Erst danach besteht unter Umständen die Möglichkeit, dass Sie mit ihr reden können.“

Es war nicht zu übersehen, dass die Auskunft nicht auf viel Gegenliebe stieß. Jedenfalls wurden Frau Feldmanns Augen erstaunlich schmal und die Linie unter ihrer Unterlippe nahm an Tiefe zu. Doch bevor sie zu einer Gegenrede ansetzen konnte, schob Rollbach nach: „Wir wollen ja schließlich nichts überstürzen und damit Frau Wichmeyers Zustand belasten, nicht wahr?“

Frau Feldmann seufzte und atmete tief durch. Dann richtete sie sich auf und meinte: „Natürlich nicht. Allerdings werde ich ebenfalls hierbleiben und auf Neuigkeiten warten. Ich mache mir einfach zu große Sorgen um die arme Evelyn. Das können Sie sich ja denken.“

„Selbstverständlich.“

Sie nickte zufrieden und sagte: „Sehr gut. Ich hole mir jetzt noch meine Handtasche und setze mich dann in die Cafeteria. Bitte sagen Sie mir Bescheid, wenn es etwas Neues gibt, ja?“

Rollback nickte und sah zu, wie sie mit forschem Schritt durch die Eingangstür schritt. Er konnte sich nur allzu gut vorstellen, was für einen Eindruck sie bei seinem Freund und Kollegen hinterlassen haben mochte.

Ich sollte wirklich Bernd anrufen, dachte er.

„Herr Rollbach?“, erklang es von der Seite. Frau Knopfler schritt auf ihn zu. Sie hielt ein Klemmbrett in der Hand.

„Ah, Frau Knopfler! Wie steht es um Frau Wichmeyer?“

„Sie ist stabil. Die Sanitäter hatten ihr ja auf dem Weg hierher bereits unter anderem Glucose und eine Ringerlösung gegeben. Wir haben ihr noch eine Nähr-Infusion gegeben. Denn abgesehen von ihrem Schock ist Frau Wichmeyer körperlich nicht in bester Verfassung. Ich will nicht sagen, dass sie in Richtung Kachexie neigt, aber sie ist viel zu dünn für ihr Alter und zeigt Anzeichen für Mangelernährung. Wobei diese, so wie es aussieht, schon eine Weile existieren muss."

Also hat es sie von allen Seiten quasi erwischt, dachte Rollbach, der sich vornahm später nachzuschlagen, was Kachexie genau war. Für ihn hatte Frau Wichmeyer sich vorhin, als er sie aufzufangen versuchte, zwar sehr feingliedrig angefühlt, es wäre ihm aber nie in den Sinn gekommen, dass dies einen langfristigen medizinischen Grund hatte.

„Wir behalten Sie zur Beobachtung noch etwa einen Tag hier", fuhr Frau Knopfler fort.

„Gut. Glauben Sie, dass Frau Wichmeyer mir ein paar Fragen beantworten kann? Ihr Mann ist verstorben und sie hat ihn gefunden."

Die Augen der Ärztin weiteten sich kurz. „Das tut mir leid zu hören. Allerdings kann ich wegen Frau Wichmeyers Verfassung Ihnen maximal fünf Minuten zugestehen." Ihr Klinikpager piepste. Nach einem kurzen Blick darauf, meinte sie: „Entschuldigen Sie bitte, aber ich muss weiter.

Melden Sie sich einfach beim Schwesterzimmer im zweiten Obergeschoss. Ich gebe den Kolleginnen dort kurz Bescheid."

Sie nickte Rollback kurz zu und lief dann in Richtung der Aufzüge weiter. Dabei erklang erneut ihr Pager, wie ein nerviger Morgenalarm beim Wecker.

Rollbach seufzte. Seine Nase juckte schon wieder von innen. Diesmal schien es ein Flurputzmittel zu sein, das er noch nicht kannte. Leider erinnerte es ihn an schlecht gewordene schwedische Fleischbällchen. Normalerweise mochte er gute Köttbullar.

„Ähm, hallo. Wo finde ich denn bitte Frau Evelyn Wichmeyer?"

Rollbach drehte sich um. An der Empfangstheke stand ein Mann mit glänzend schwarzem Schopf und bleichem Gesicht. In der Rechten hielt er einen Blumenstrauß, der schon einmal bessere Tage gesehen haben mochte.

Als Rollbach auf ihn zutrat, sah die Empfangsdame zu ihm hinüber. Der Mann folgte ihrem Blick und zuckte beim

Anblick der Marke, die Rollbach zückte, kurz zurück.

„Sind Sie etwa auch von der Mordkommission?“, fragte er zögernd. Rollbach konnte sehen, wie sein Kehlkopf auf und ab ging.

„Ja. Wer sind Sie denn bitte?“

„Na, Bruno Wichmeyer. Der Neffe von Evelyn Wichmeyer. Ihre Kollegen Judithsen und Westerirgendwas haben mich von der schrecklichen Tat informiert und wo ich meine Tante finden kann.“

„Sie meinen bestimmt Westermann. Ich bin Kommissar Volker Rollbach. Mein Beileid zu Ihrem Verlust.“

„Ja, ich kann es auch nicht fassen. Mein armer Onkel. Wissen Sie, er und ich, wir waren…“

„Samma, ich glaube es hakt! Was zum Teufel machst du denn hier?“ Auf die Worte folgte ein roter Schemen, der an Rollbach wie eine Kanonenkugel vorbeischoss. Er meinte sogar, einen kurzen Luftstoß an der rechten Schulter zu bemerken. Dann erst erkannte er den Rücken von Frau Feldmann, die schnurgerade auf Bruno Wichmeyer zusteuerte. Dabei fuchtelte sie so sehr mit den Armen, dass ihre Handtasche am linken Ellbogen Anstalten machte sich zu einem schwungvollen Hammer zu entwickeln.

Bevor es ein blaues Auge oder Schlimmeres hätte geben können, schritt Rollbach ein. In einer fließenden Bewegung stellte er sich vor die Heranstürmende und hob beide Hände etwa auf Schulterhöhe hoch.

Tatsächlich sorgte sein plötzliches Auftauchen in ihrem Sichtfeld dafür, dass Frau Feldmann überrascht zurückzuckte. Sie hielt relativ abrupt an und ihr verwirrter Blick fixierte ihn.

Dafür erwiderte nun Bruno Wichmeyer pampig: „Was ich hier mache? Meine Tante besuchen! Immerhin liegt mir was an ihr und ich finde das auch nicht prickelnd, dass sie hier liegt!“

Bevor Rollbach sich umdrehen konnte, um ihm zu sagen, dass er nicht so laut sein musste, es konnten schließlich alle gut hören, keifte es bereits von der anderen Seite zurück: „Erzähl mir doch nichts! Du hast doch noch nie den fürsorgenden Neffen raushängen lassen. Jedenfalls nicht, ohne dabei etwas herausschlagen zu wollen." Den letzten Satz sprach Frau Feldmann mit der gleichen Abwertung in der Stimme aus, die ein Hardcore-Veganer einem blutig gebratenen Steak entgegen brachte.

„Das muss ich mir ja wohl nicht von jemandem sagen lassen, der nicht Teil der Familie ist!"

„Das sagt ja der Richtige! Was du dir erlaubst, ist ja wohl die Höhe!"

„Darf ich Sie daran erinnern, dass wir in einem Krankenhaus sind?" Rollbach, dem so langsam die Ohren klingelten, erhob nicht seine Stimme. Dafür kopierte er den sachlich-ruhigen Unterton, den er schon so oft bei seinem Freund Westermann gehört hatte und nickte kurz hinüber zur Dame am Empfang, die irritiert zu ihnen hinüber sah. „Außerdem, glauben Sie nicht, dass es etwas unhöflich ist über meinen Kopf hinweg zu schreien?"

Er schaute beide freundlich lächelnd an. Zumindest bei seinem weiblichen Gegenüber schien er kurz so etwas wie peinliche Berührung ausgelöst zu haben.

Bruno Wichmeyer schaute erst etwas irritiert aus der Wäsche, bevor er beifällig nickte und lächelte.

Bleicht der seine Zähne?, fragte sich Rollbach. Dann schüttelte er kurz den Kopf und meinte: „Ok, nachdem wir uns alle jetzt etwas beruhigt haben, kann ich Ihnen auch mitteilen, was mir Frau Knopfler, die Frau Wichmeyer untersucht hat, fürs Erste mitteilen konnte."

Bevor Frau Feldmann zu einem Satz ansetzen konnte, fuhr Bruno Wichmeyer mit einem „Oh, ja, bitte!" dazwischen. Sie funkelte ihn in stillem Zorn an.

Rollbach sah auf seine Notizen herunter und wiederholte das, was die Ärztin ihm gesagt hatte.

Die Reaktion auf seine Worte hätte nicht unterschiedlicher sein können. Während Frau Feldmann ihm mit wachsender Sorge im Gesicht lauschte, zeigte Bruno Wichmeyer zunächst Nachdenklichkeit. Doch als ihm klar zu sein schien, dass seine Tante nichts von Dauer hatte, entspannten sich seine Gesichtszüge hin zu einer freundlichen Gleichgültigkeit.

„Und nun?“, fragte er schließlich. „Darf ich sie endlich besuchen gehen?“

„Das ist leider nicht möglich. Frau Knopfler wies mich darauf hin, dass Ihre Tante Ruhe braucht und höchstens fünf Minuten heute für Gespräche drin sind. Diese Zeit brauche natürlich ich.“

Man sah Bruno Wichmeyer an, dass er gerne „Wenn es sein muss.“ gesagt hätte. Er riss sich jedoch zusammen und verzog den Mund nur an den Seiten. Dafür ließ er Frau Feldmann nicht aus den Augen, die seinen Blick kampfeslustig erwiderte.

Da er den nächsten Hahnenkampf bereits vor sich sah, meinte Rollbach: „Sie können gerne mit Frau Knopfler oder dem Fachpersonal im zweiten Stock reden. Doch bitte haben sie Beide Verständnis dafür, dass Frau Wichmeyer zunächst einmal derart abgeschirmt werden muss.“

„Oh, aber natürlich verstehen wir das“, flötete Frau Feldmann plötzlich in einem sehr beschwingten Tonfall. „Es wäre von keinem von uns verantwortungsvoll, sich anders zu verhalten. Nicht in dieser für Evelyn so belastenden

Situation. Außerdem wollen wir ja beide, dass der Tod von Ernst aufgeklärt wird."

Die Art, wie sie „uns" und „wir" betonte, sprach Bände. Dass sie dabei Bruno Wichmeyer konstant anstarrte, obwohl ihre Worte an Rollbach gingen, unterstrich ihre subtile Botschaft: "Wenn du, Freundchen, jetzt was Anderes sagst, dann stehst du blöd da."

Auf die Weise hält sie ihn auch weit genug auf Distanz, um nicht ins Hintertreffen zu gelangen, fuhr es Rollbach durch den Kopf. Respekt, wie schnell sie sich anpassen kann.

Bruno Wichmeyers Zähne blitzten hervor. „Aber ja, das

sehe ich auch so. Dann will ich grad mal den Strauß oben abgeben, damit man ihn meiner Tante ins Zimmer bringt. Das sollte ja möglich sein. Wenn Sie mich entschuldigen würden." Er nickte den Beiden zu und schritt eilig davon.

„Also wirklich", knurrte Frau Feldmann. „Ordentlich verabschieden kann der sich auch nicht. Herr Rollbach, ich habe keine Ahnung, was der Ihnen bereits alles auf die

Nase gebunden hat, aber diesem Typ kann man nicht mal die Hälfte dessen glauben, was er sagt. Das ist Erfahrungssache, sage ich Ihnen.“ Sie seufzte und richtete ihre Handtasche. „Ich habe Herrn Westermann auch schon einiges über Bruno erzählt. Von daher erspar ich mir und Ihnen jetzt die Wiederholung. Ich habe ihrem Kollegen aber auch gesagt, dass Sie auf meine volle Unterstützung bauen können.“ Braune Augen fixierten den Ermittler fest. Frau Feldmann schien mit einer Entscheidung zu ringen, bevor sie fortfuhr: „Nun gut, ich kann hier ja nichts mehr erreichen. Sie können mir aber glauben, dass ich morgen ganz früh hier sein und auf Evelyn aufpassen werde. Ich wünsche Ihnen viel Erfolg bei der Suche nach dem Schuldigen.“

Nachdem sie sich mit einem festen Händedruck verabschiedet hatte, stapfte sie entschlossen zur Eingangstür. Man konnte hören, wie sie leise und verstimmt etwas zu sich selber murmelte.

Rollbach seufzte und rieb seinen Nacken. Das lief ja alles sehr turbulent ab.

Kapitel 5

Von Recklinghausen Süd aus war es nicht weit bis zur Innenstadt von Hochlarmark, dem Stadtteil, in dem Frau Wiertz wohnen sollte. Wenn man auf eine Karte schaute, musste man sich von Süd aus nur links halten, über Grullbach fahren und war mit dem Auto innerhalb von etwa fünf Minuten dort.

Da Westermann als Jungspund die Strecke aus amourösen Gründen regelmäßig frequentiert hatte, fand er auch relativ schnell die Salentinstraße, unweit des Charlottenburg Park. Während er die Handbremse anzog, vernahm er die vergnügten Schreie spielender Kinder, die der Wind vom Parkspielplatz herübertrug.

„Welches Haus ist es?“, fragte er Judithsen, die sich mit dem Zurechtrücken ihrer langen Beine beim Aussteigen abmühte.

„Äh, ich glaube das hier vorne“, antwortete sie und deutete auf ein graues Mehrfamilienhaus schräg gegenüber. Eine Frau von vielleicht Anfang Vierzig trat dort gerade zusammen mit einem kleinen Jungen durch die Eingangstür hinaus. Dieser zog einen Trolley hinter sich her, dessen Rad aber am Übergang nach draußen hängen blieb. Dadurch stolperte der Knirps nach vorne und rannte seine Begleitung fast um.

„Gottverdammt!“, entfuhr es ihr.

„Das sagt man nicht“, erwiderte er seelenruhig und richtete den Trolley neben sich gerade. „Mama hat dir das schon so oft gesagt, weißt du?“

„Ja, Tom, ich weiß. Entschuldige“, war die geseufzte Antwort. Als ihr die herankommenden Ermittler auffielen, trat die Dame lächelnd zur Seite und machte eine Handbewegung, um die Beiden auf dem Gehweg an sich vorbei zu winken.

„Danke, aber wir müssen hier ins Haus“, meinte Judithsen lächelnd und machte Anstalten das Klingelschild von Barbara Wiertz auszuwählen,

„Das können Sie sich sparen“, meinte die Dame. „Die Barbara Wiertz bin nämlich ich. Was wollen Sie denn?“ Nachdem sich Westermann und Judithsen vorgestellt hatten, sagte Frau Wiertz leise zu dem Knirps: „Du, Tom, geh doch schon einmal vor zu deiner Mama auf den Spielplatz. Ich komm gleich nach.“

„Hast du was ausgefressen?“, fragte Tom, der überhaupt keine Lust hatte zu gehen. Er starrte Westermann mit großen Augen neugierig an.

„Nein, habe ich nicht.“

„Bist du sicher?“

Westermann beugte sich nach vorne, zückte kurz seinen Hut und sagte: „Grüß dich, Tom. Ich bin der Bernd. Keine Sorge. Die Frau Wiertz kann uns vielleicht bei etwas helfen. Was das ist, das darf ich nicht verraten, denn das gehört zu meiner Polizeiarbeit. Das verstehst du doch, oder?“

Tom nickte langsam. Man sah ihm an, dass es ihn leicht überwältigte, mit einem echten Polizisten zu reden.

„Sehr gut. Ich habe mir schon fast gedacht, dass du ein ganz Schlauer bist. Willst du vielleicht einmal Polizist werden?“

Das Nicken hätte nicht schneller sein können.

Westermann schmunzelte und meinte: „Das finde ich toll. Und weißt du was? Ich wette, deine Freunde auf dem Spielplatz werden vor Eifersucht platzen, wenn sie hören, dass du echte Kommissare getroffen hast. Was meinst du?“

Toms Augen wurden noch größer und er nickte langsam.

„Na, dann lauf mal los und erzähl ihnen und deiner Mutter davon. Aber vergiss nicht, dass du nach links und rechts schaust, bevor du über die Straße gehst, ok?“

„Das weiß ich doch längst“, krähte der Knirps, stellte sich mit seinem Trolley an die Bordsteinkante, schaute sich um und sauste dann über die Straße. Auf der anderen Seite drehte er sich kurz um, winkte und marschierte dann rasch in den Park hinein.

„Na, dass ging ja einfacher, als gedacht“, bemerkte Judithsen.

„Kinder hören halt auf mich“, erwiderte Westermann schulterzuckend. Diese Art Gabe hatte er schon lange, er hatte sich jedoch nie besonders viele Gedanken darum gemacht. Warum auch?

Seine Kollegin hob amüsiert die Augenbrauen an, bevor sie sich mit ernster Miene wieder Frau Wiertz zuwandte. Sie erklärte ihr kurz, wer sie waren und was der Grund für ihren Besuch war.

Frau Wiertz strich sich eine ihrer langen Korkenzieherlocken von der Stirn und sagte merklich gefasst: „Das musste ja so kommen."

„Wie bitte?", fragte Judithsen.

Ihr Gegenüber wandte sich um, schloss die Tür auf und bemerkte über die Schulter hinweg: „Kommen Sie bitte hinein. Ich habe Ihnen wohl etwas zu erzählen."

„Wie meinen Sie das?", wollte Westermann wissen, während er und Judith ihr in den ersten Stock zur Wohnungstür folgten.

„Nun, ich weiß, wer es gewesen sein muss."

Selten hatten die beiden Kommissare gehört, dass jemand

mit so einer gelassenen Gewissheit eine Aussage machte.

Im Wohnungsflur schmiss Frau Wiertz den Schlüssel auf eine Kommode und bog rechts in das Wohnsimmer ab, wo sie sich auf das lange Ende eines L-förmigen blauen Sofas setzte.

„Bitte, setzen Sie sich doch. Ich würde Ihnen ja was anbieten, aber im Moment hab ich nix da.“

„Das ist auch nicht nötig“, erwiderte Westermann und setzte sich zusammen mit Judithsen an die kurze Sofaseite. „Es würde uns jetzt eher interessieren, wie es dazu kommt, dass Sie wissen, wer Herrn Wichmeyer umgebracht hat.“

„Weil ich nicht doof bin. Es kann nur sein Neffe, dieser Bruno Wichmeyer gewesen sein.“

Ah, dachte Westermann. „Das ist eine schwere Anschuldigung.“

„Ich weiß, aber ich habe auch allen Grund dazu. Die Wichmeyers Senior sind wie ich Teil einer Tippgemeinschaft, die das große Los gezogen hat.“

„Ja, davon habe ich durch Frau Feldmann gehört. Kennen Sie die Dame?“

„Die Annegrete? Klar kenne ich die. Eine wirklich sehr verlässliche Seele und Freundin. Dann wissen Sie bestimmt auch von dem Streit um den Gewinn und wer daran Schuld ist.“

„Davon hat Frau Feldmann erzählt.“

„Gut, also ursprünglich bestand unsere Gruppe aus Ernst, Evelyn, dem Ulrich Dackmann, seinem Sohn Michael und mir. Dackmann Senior und Ernst kennen sich übrigens von früher. Naja, jedenfalls hatten wir so unsere eigenen Regeln aufgebaut, trafen uns regelmäßig zu Stammtischen und hatten hin und wieder kleinere Erfolge beim Tippen. Doch dann kam bei einem der letzten Stammtische Bruno zusammen mit Ernst und Evelyn vorbei und wollte unbedingt Teil des Ganzen sein. Natürlich hatte er die Beiden bereits so sehr bequatscht, dass er ihre Stimmen im Sack hatte. Als es aber um die Teilnahmegebühr ging, hat er immer wieder eine Ausrede gefunden, warum es grad nicht ging. Von verlegter Brieftasche bis zu fehlender Zeit, um zur Bank zu gehen, war alles dabei. Der Mistkerl soll laut Annegrete sogar Evelyn bequatscht haben, ihm das Geld vorzustrecken! Das muss man sich mal vorstellen! Ich hatte schon so einen Hals. Den Vogel schoss er aber dann ab, als ich den Gewinn ausgezahlt bekommen habe. Sie müssen nämlich wissen, dass ich als Quasi-Schatzmeisterin in der Regel die Tippscheine abgebe und dafür sorge, dass Gewinne verteilt werden. Bei den kleineren Beträgen ging das immer über den Stammtisch. Nun, bei so einer Riesenmenge Geld ging das natürlich nicht, weshalb ich die Bankverbindungen erst einholen wollte. Aber dieser Bruno stand doch keine zwei Stunden, nachdem alle von ihrem Glück erfahren hatten, vor meiner Tür und wollte seinen Anteil in bar haben! Und als ich ihm dann sagte, dass ich keine Bank sei und er ganz sicher nicht sofort das Geld bekommen könnte, immerhin fehlte mir ja auch seine Eintrittsgebühr, da ist der vielleicht ausgetickt."

„Inwiefern?", fragte Judithsen

„Er hat auf die Unterschrift, die er geleistet hat, gepocht und mir vorgeworfen, dass ich mit dieser Einstellung Vertragsbruch betreiben würde. Ich hätte bestimmt auch nur vor, das Geld für mich zu behalten, während er sehen müsse, wo er bleibe. Was auch immer das heißen soll. Sogar mit einem Anwalt hat er mir gedroht, der Wichtigtuer. Von den Beleidigungen, die ich mir anhören durfte, will ich mal nicht reden. Die halbe Nachbarschaft hat bestimmt was davon gehabt, so sehr hat er rumgekeift."

„Interessant. Wir haben ebenfalls mit Bruno Wichmeyer sprechen können und laut ihm war dies eine Kleinigkeit, ja sogar nichts Erwähnenswertes", bemerkte Westermann.

Frau Wiertz zuckte nicht einmal mit den Wimpern, als sie ihm entgegnete: „Ach, wirklich? Habend Sie etwa nicht gemerkt, was für eine lügende Heulsuse das ist? So war der schon immer. Wenn irgendetwas zu schwer wurde, machte er Terz, als hätte man sich gegen ihn verschworen. Ich erinnere mich noch an das eine Mal, als er eine Ausbildung nicht schaffte, weil er bei seinen Prüfungen so oft patzte. Da war für ihn klar, dass er nicht ausreichend Praxisbetreuung bekommen hatte. Seine Ausbildungsleiterin hätte mehr machen können und sollen." Sie verzog die Mundwinkel zu einem schmallippigen Grinsen. „Und es kann auch keine Kleinigkeit oder dergleichen für ihn gewesen sein. Wissen Sie, wie oft der mit seinem Laden kurz vor der privaten Insolvenz stand? Mehr als nötig, wenn ich Evelyn und Ernst beim Erzählen darüber richtig verstanden habe. So war das auch wieder kurz bevor er in die Tippgemeinschaft eingetreten ist. Verstehen Sie, worauf ich hinaus will?"

„Im Prinzip schon, aber er hätte ja wohl schlecht mit einem sofortigen Gewinn rechnen können."

„Das nicht. Aber er ist ein Blutegel, der sich überall dranhängt, wo er etwas abstauben kann. Umso vehementer hat er dann seinen Gewinn eingefordert. Und ich glaube auch nicht, dass dies gereicht hat."

Das würde das Aussehen des Ladens erklären, dachte sich Westermann. Er machte sich eine Notiz für später. Ihn interessierte bei dieser Angelegenheit auch, wie man sich so hoch verschulden konnte, dass 200.000 Euro nicht reichen sollten. Falls ein Motiv dahinter stecken sollte.

„Ich verstehe die Richtung, in die Sie mit dieser Aussage gehen wollen, aber halten sie ihn deshalb für fähig einen Mord zu begehen?"

„Ja, so aufgebracht und fast verzweifelt, wie er damals auf mich eingeredet hatte, kann ich mir gut vorstellen, dass er im Affekt sich zu etwas hat hinreißen lassen, nur um seine finanzielle Lage sichern zu können."

Während Westermann noch seine Unterlagen diesbezüglich ergänzte, ließ Judithsen den Blick durchs Zimmer schweifen. Vielleicht hatte Frau Wiertz bereits erste Anstalten gemacht ihr Geld in die Wohnung zu investieren. Es gab jedoch erstaunlich wenig zu sehen. In zwei Regalen türmten sich Bücher und auf einem Beistelltisch stand ein Flachbildschirmfernseher. Auf dem hellbraunen Beistelltisch vor dem Sofa stand in einem rundlichen weißen Topf ein kleiner Farn. Das war scheinbar aber auch das Höchstmaß an Dekoration.

Doch dann bemerkte sie ein Bild. Es hing rechts neben ihr an der Wand, nahe dem Wohnzimmerfenster, vor dem Frau Wiertz saß.

Zuerst fiel Judithsen der kantige Glasbau ins Auge, der einen Großteil der Aufnahme ausmachte. Es handelte sich dabei um das Ruhrfestspielhaus, einem Herzstück der

Recklinghäuser Kunst- und Kulturszene. Davor stand eine deutlich jüngere Frau Wiertz. Das konnte Judithsen alleine schon an der fehlenden Brille und schwächer ausgeprägten Lachfalten festmachen.

Die Frau Wiertz auf dem Foto hatte sich glücklich grinsend bei einem jungen Mann untergehakt und ihren Kopf gegen dessen Schulter gelehnt. Der Mann wiederum lächelte zwar auch, aber eher gezwungen, so wie man es von Leuten kannte, die nicht wussten, wie man für ein Foto lächelte.

„Verzeihen Sie, Frau Wiertz, aber, wer ist das?", fragte Judithsen, die beim Anblick des abgebildeten Gesichtes bereits die Antwort zu kennen glaubte.

Die Gefragte schaute hoch und ihre Mundwinkel zuckten kurz nach unten, bevor sie seufzend erwiderte: „Wissen Sie das nicht? Das ist Simon, der Sohn von Ernst und Evelyn."

Westermann, der das Bild der Wichmeyers mitgenommen hatte, zog es hervor und warf einen nachdenklichen Blick darauf.

„Wann ist er verstorben?“, fragte er und deutete auf den schwarzen Rahmen.

Frau Wiertz schaute ihn ziemlich verblüfft an. Dann blinzelte sie langsam und schien sich zu erinnern, dass Ermittler Eins und Eins zusammenzählen konnten.

„Ah, das hat man Ihnen also auch nicht gesagt? Simon ist vor zwölf Jahren nachts beim Überqueren einer Kreuzung überfahren worden. Der Täter hat Fahrerflucht begangen und wurde nie gefasst.“ Sie strich sich über die Haare. „Unser Foto ist kurz davor entstanden.“

„Standen Sie sich sehr nahe?“

„Ja. Wir kannten uns schon sehr lange. Ein Tanzkurs hatte uns vor fünfzehn Jahren zusammengeführt. Er hat so schlecht getanzt, dass irgendwann keiner außer mir mit ihm noch tanzen wollte.“ Sie lachte leise auf. „Und aus dieser Partnerwahl wurde dann bald eine Partnerschaft. Sie können sich gar nicht vorstellen, wie aus dem Häuschen Ernst und Evelyn deshalb gewesen sind. Und wie sehr uns das damals aus der Bahn geworfen hat, als Simon nicht mehr war.“

Bei den letzten Worten schob sich ein finsterer Ausdruck über Frau Wiertz′ Gesicht. „Bereits damals durfte ich erleben, was für eine linke Ratte Bruno war. Kurz nach Simons Beerdigung ging es nämlich um das kleine italienische Lokal „Ruhr Italia“, das Ernst hier in Hochlarmark gegründet hatte. Eigentlich hätte Simon es übernehmen und weiterführen sollen, weil sein Vater sich aufs Altenteil zurückziehen wollte. Als dann dies alles natürlich auf der Kippe stand, erschien Bruno, der noch nicht einmal auf der Beerdigung anwesend war! Er meinte, dass man den Laden, also Ernsts herzblutgetränkte Arbeit, besser verkaufen sollte. Es hätte so keinen Sinn, weiterzumachen und mit dem Geld könnten Ernst und Evelyn noch was Anderes anfangen.“

Ein Knacken erklang. Westermann blickte verdutzt nach unten auf Frau Wiertz Hände. Auch wenn diese nicht sehr groß waren, das Knacken der Knöchel klang nach

Bauarbeiterhänden.

Sie fuhr fort: „Er hat es dann tatsächlich geschafft, dass die Beiden sich schweren Herzens vom „Ruhr Italia“

trennten. Doch dann kam der Klopper. Einen Teil des Geldes hat er ihnen aus den Rippen geleiert, um seine Ramschbude in Süd vorfinanzieren zu können!"

Wow, der ist ja echt ein Blutsauger, fuhr es Judithsen durch den Kopf. Verständlich, dass sie ihn nicht ausstehen kann.

„Der Kerl macht auch vor Leichen nicht halt", knurrte Frau Wiertz.

Ok, hier kommen wir so nicht mehr weiter, dachte Westermann. Er warf seiner Kollegin einen Blick zu, den diese stumm, aber verstehend, erwiderte.

„Frau Wiertz, zwei Fragen hätte ich noch, bevor wir weiter müssen. Wo waren Sie heute den Tag hinüber? Und wo können wir Dackmann Senior und Junior antreffen?"

Sie nannte ihm zunächst die Adresse von Ulrich Dackmann in der Kaebelstraße. Also im Süden Hochlarmarks und damit nur wenige Minuten Fahrt von ihrem aktuellen Standort entfernt.

Dann diktierte sie ihm die Telefonnummer von Toms

Mutter. „Ich habe momentan Urlaub und für sie seit heute um etwa neun Uhr in der Früh Babysitterin gespielt. In Toms Kindergarten geht momentan nämlich heftig die Grippe bei den Erziehern um."

„Wunderbar, vielen Dank."

Bevor sie die beiden Ermittler an der Eingangstür hinausliess, fragte Frau Wiertz: „Glauben Sie, dass ich die Evelyn bald im Krankenhaus besuchen kann?"

Westermann strich sich übers Kinn und entgegnete: „Wir wissen noch nicht genau, wie es um Frau Wichmeyer steht. Ich denke aber, dass Sie morgen Besuch empfangen kann."

Erleichtert lächelte Frau Wiertz auf. „Das werde ich machen. Die Arme braucht jetzt die richtige Unterstützung."

Draußen auf der Straße meinte Judithsen: „Sollen wir noch zu Herrn Dackmann oder erst abwarten, was Rolli noch herausgefunden hat? Vielleicht verdichtet sich ja dann auch die Spur Richtung Bruno Wichmeyer."

„Machen wir mit Dackmann weiter. Ist ja nicht weit weg.

Kannst du unterwegs vielleicht schon mal veranlassen, dass wir einen Einblick in die Finanzen Bruno Wichmeyers bekommen?“

Judithsen nickte und öffnete ihre Wagentür. „Frau Wichmeyer hat irgendwie Glück im Unglück, wenn man sich anguckt, wie viele Leute ihr so schnell zur Seite stehen wollen.“

Als der Motor startete, öffnete der Himmel die Schleusen. Feine Regentropfen landeten mit einem kurzen klackenden Geräusch auf der Windschutzscheibe.

Kapitel 6

Auch wenn sie sich inzwischen in guter ärztlicher Behandlung befand, glich Evelyn Wichmeyers Gesicht eher einem weißen Laken. Sie lag allein in einem Zweibettzimmer, als Rollbach eintrat und drehte mühsam den Kopf zu ihm. Ihre Augen waren immer noch rot durchs Weinen, ihr Blick schien dennoch klar zu sein.

„Herr … Rollbach?“, fragte sie vorsichtig und räusperte sich einmal laut, um ihre Stimme wieder zu finden.

„Ja, Frau Wichmeyer, ich bin es.“ Er trat an ihr Bett heran. Eine Kanüle führte vom rechten Arm hoch zu einer Infusion. „Wie fühlen Sie sich?“

„Sehr müde. Und allein“, kam die geflüsterte Antwort.

Rollbach zog sich einen Stuhl heran, setzte sich und meinte: „Ihr Neffe und Frau Feldmann waren eben hier. Sie haben sich nach Ihrem Befinden erkundet und werden morgen wiederkommen.“

„Wie schön … Danke.“

„Ich will Sie auch gar nicht lang stören. Für unsere Ermittlung wäre nur wichtig zu wissen, was sie vorhin mit dem Geld meinten, als meine Kollegen und ich über ein Motiv sprachen."

Auf Frau Wichmeyers Stirn zeichneten sich tiefe Furchen ab. Für einen kurzen Moment schien ihr nicht bewusst zu sein, dass sie dies gesagt hatte. Doch dann weitete sie in heller Erkenntnis ihre Augen und erwiderte leise: „Ah, ja. Entschuldigen Sie, mein Kopf ist so durcheinander. Das Geld ist von einem Lottogewinn. Über den haben sich fast alle in unserer Tippgruppe gestritten. Der Ulrich mit dem Michael. Die Barbara mit dem Bruno. Und der Bruno mit …" Sie schluckte und fing an zu zittern. „Der Bruno mit meinem Ernst."

„Inwiefern gab es Streit?"

„Barbara wollte Bruno das Geld erst nicht geben. Das hat sie mir kurz erzählt, als Ernst mit ihr wegen unseres Anteils sprach. Und dann hat Bruno noch mit Ernst gesprochen. Dabei gab es auch wieder Streit. Ernst hat aber nur gesagt, dass es um den Gewinn ging, nicht mehr. Er war sehr wütend."

Rollbach merkte, dass ihre Stimme an Festigkeit verlor. Ein Timbre nahm jedes Mal zu, wenn sie den Namen ihres Mannes aussprach.

Doch bevor er das Gespräch beenden konnte, räusperte Frau Wichmeyer sich erneut und fuhr fort: „Was bei dem Ulrich wegen dem Geld schiefgelaufen ist, weiß ich nicht. Er wirkte aber nicht sehr glücklich, als ich ihn zuletzt gesehen habe."

„Eine letzte Frage noch. Wann hat ihr Neffe mit ihrem Mann gesprochen?"

Sehr unsicher erwiderte sie: „Vielleicht vor zwei Tagen."

Rollbach nickte und erhob sich. Die fünf Minuten, die man ihm seitens der Stationsschwestern zugestanden hatte, waren fast verbraucht. Außerdem brauchte Frau Wichmeyer definitiv Ruhe.

„Ich danke Ihnen. Mein aufrichtiges Beileid für Ihren Verlust. Sollte Ihnen noch etwas einfallen, dann rufen Sie mich bitte an.“ Er legte seine Karte auf den Tisch neben dem Bett.

Frau Wichmeyer nickte nur langsam. Sie schaute ihm nicht nach, sondern blickte wieder an die Decke. Ihre Gesichtszüge strahlten plötzlich nur noch Müdigkeit und Teilnahmslosigkeit aus, als wolle sie sich von der aktuellen Situation zurückziehen.

Rollbach zog sanft die Tür hinter sich zu. Auf dem Weg zum Treppenhaus kam er am Schwesternzimmer vorbei. Kurz steckte er den Kopf hinein und bat die Anwesenden ein Auge darauf zu haben, dass niemand Frau Wichmeyer heute stören solle. Außerdem hinterließ er seine Nummer, für den Fall, dass sich ihr Zustand verschlechtern sollte.

Am Eingang angekommen zog er seinen Kragen hoch und starrte kritisch den Regen an, der vor ihm niederplätscherte. Normalerweise lief er in seiner Freizeit durch jedes Wetter. Immerhin besaß er einen gewissen sportlichen Ehrgeiz und inzwischen sogar ein gutes Tempo. Doch diesmal war die Strecke zu lang, um es in angemessener Zeit zur Wache in der Westerholter Straße zu schaffen.

Es ging ja auch um Dienstzeit.

Daher zog er sein Smartphone heraus, öffnete die App der Vestischen Verkehrsgesellschaft und fand heraus, dass die SB20 Richtung Viehtor in ein paar Minuten in der Nähe losfuhr. Das sollte er noch schaffen und dann innerhalb von dreißig Minuten an der Wache sein.

„Also los“, brummte er zu sich selber und lief mit eingezogenem Kopf los.

Wie wohl Marlene und Bernd bei ihrer Ermittlung vorankamen?

Westermann kämpfte gerade mit einer Parklücke in der Kaebelstraße herum. Die Halter der anderen Wagen dort besaßen scheinbar ein so loses Verständnis von Abstand, dass der übrig gebliebene Platz nicht so einfach zu füllen, geschweige denn anzupeilen war.

Als er es endlich geschafft hatte, hörte auch der Regen auf.

Na, wenigstens etwas, fuhr es ihm durch den Kopf.

Sie wanderten die halbe Kaebelstraße hoch, bis sie sich

dem kleinen Haus näherten, das der Wohnort von Ulrich Dackmann sein sollte. Schon von Weitem wurden sie einem Trio gewahr, das Judithsen unter „Rentnerblockade" verbuchte. Damit meinte sie eine Reihe besagter Senioren, die nebeneinander die Straße entlang gingen und dabei stur und scheinbar harmlos-ignorant ein Vorbeikommen erschwerten.

In dem Fall kam noch hinzu, dass die Drei sich mit Rollatoren und Gehstock vorwärtsbewegten und dementsprechend langsamer und stockender beim Vorwärtskommen waren.

Nacheinander bogen sie nach links ab und trotteten arthritisch zu ihren Wohnungstüren. Zum Schluss blieb nur noch der Herr mit dem Gehstock übrig. Seine Hüfte schien unrund zu funktionieren und er verzog vor Schmerzen gelegentlich das wettergegerbte Gesicht.

Irritiert betrachtete er Westermann und Judithsen, die auf dem gepflasterten Gehweg zu Herrn Dackmanns Grundstück standen.

„Verzeihen Sie, aber wollen Sie zu mir?", fragte er mit

einer krächzenden Stimme. Seine wachen braunen Augen starrten sie hinter dicken Brillengläsern aufmerksam an.

„Mein Name ist Bernd Westermann und das ist meine Kollegin Marlene Judithsen“, stellte Westermann sie vor. „Wir sind Ermittler von der Recklinghäuser Mordkommission. Sind sie Herr Ulrich Dackmann?“, fuhr er fort und sie zückten ihre Ausweise.

„Ja, das bin ich … aber Moment, Mordkommission? Wer ist denn gestorben?“

„Herr Dackmann, wir haben schlechte Neuigkeiten. Herr Ernst Wichmeyer ist verstorben. Wir wissen von Frau Wiertz, dass sie sich kannten und hätten ein paar Fragen.“

Das Gesicht von Herrn Dackmann färbte sich aschfahl. Er legte die Linke über den Mund und blickte ins Leere.

„Nicht der Ernst“, brachte er hervor und ließ die Hand sinken.

„Es tut uns leid. In welcher Beziehung, abgesehen von

der Tippgemeinschaft, standen sie denn zu ihm?“

„Wir kennen uns seit der ersten Klasse“, war die Antwort. Dann schüttelte Herr Dackmann den Kopf. „Ich fasse es nicht. Wie ist es passiert? Und was ist mit Evelyn?“

„Frau Wichmeyer befindet sich in ärztlicher Behandlung. Was das Wie betrifft, so haben wir…“

Ein tiefes Motorenheulen erklang. Aus einer Seitenstraße schoss ein silberner Wagen, der relativ rasch im Tempo runterschaltete, als der Fahrer die Gruppe vor sich bemerkte.

Westermann war kein Autofachmann. Doch auch ihm war klar, dass eines der hochpreisigen Mercedes-Modelle auf sie zusteuerte. Hinter der Windschutzscheibe konnte er einen jungen, dicknackigen Mann und eine Frau mit rotblond gefärbtem Haar erkennen. Diese gab ihrem Fahrer, als er den Wagen am Bürgersteig zum Stehen brachte, einen Wangenkuss, bevor sie kichernd ausstieg und davonstöckelte.

Herr Dackmann machte ein wenig begeistert klingendes Geräusch. „Was hat mein Sohn denn da wieder angeschleppt?“

Der nun als Sohn identifizierte Fahrer stieg aus, schloss schwungvoll seine Tür und kam auf sie zu. Dabei bewegte er sich mit der Gewissheit eines Menschen, der glaubte alles richtig gemacht zu haben.

„Hey, Vadda, was ist denn hier los? Neue Freunde, oder wie? Muss man sich Sorgen machen, dass du dich wieder verlaufen hast?“ Trotz der Worte schwang nicht ein Hauch Sorge in der Stimme mit.

„Michael, das ist nicht lustig. Der Ernst ist tot.“

„Boah, was? Wie?“

„Das wollten die Herrschaften von der Mordkommission mir gerade mitteilen, als du deine Showeinlage gegeben hast.“ Herr Dackmann sah sich misstrauisch um. „Na, kommt mal lieber rein. Muss ja nicht jeder den Terz mitbekommen. Besonders die olle Schakovijac nicht.“

Sich schwer auf seinen Gehstock stützend, humpelte Herr Dackmann zur Eingangstür seines Hauses.

Judithsen mochte sich irren, aber ihr kam es so vor, als

hätte den Mann ein Stück Kraft verlassen. Ob das am Tod seines Freundes lag? Oder daran, dass das Verhalten seines Sohnes ihm peinlich war?

Er wohnte recht beengt. Sein Haus war nicht unbedingt schmal geschnitten, aber die Inneneinrichtung, an der sie vorbeikamen, bestand aus recht robusten Schränken, Stühlen und anderen Möbelstücken.

Eigentlich völlig ungeeignet für einen alten Menschen wie ihn, fuhr es Westermann durch den Kopf.

Sie betraten das Wohnzimmer. Hier füllte ein hellbrauner Holzschrank fast die gesamte linke Wandseite aus. Hinter seinen verglasten Türen stapelten sich altes Geschirr, Bücher mit zerlesenem Einband und mehrere Flaschen, deren Inhalt bestimmt nicht für Jugendliche unter achtzehn Jahren geeignet war.

Auf einer Anrichte stand ein alter Fernseher, eingerahmt durch kleine Fotos in schwarzen Rahmen. Generell befanden sich viele Fotos, egal ob monochrom oder in Farbe, in dem Zimmer. Sie schmückten einen Großteil der übrigen Wände und des Fenstersimses. Der voll mit kleinen Kakteen stand.

In der Lücke zwischen Anrichte und Wandschrank stand auf einem Tisch mit Decke ein großes Aquarium voller Pflanzen und Unterwasserdekoration. Bei genauerem Hinsehen konnte man einen einzigen dicken Goldfisch erkennen, der einsam durch das Wasser dümpelte. Er besaß das missmutigste Gesicht, das Judithsen jemals an einem Fisch, ja sogar an irgendeinem Tier, gesehen hatte.

Ansonsten verbrauchten eine aschgraue Sofagarnitur, ein abgenutzter dunkelgrauer Ohrensessel und davor ein fransiger Fußschemel viel Platz.

Muss ja ein Alptraum sein, wenn er die verschieben möchte, um Staubsaugen zu können, dachte Judithsen und schaute auf den grünen Teppichboden hinab.

Ulrich Dackmann drehte sich um und wedelte ungelenk in Richtung des Sofas.

„Setzen Sie sich doch bitte. Wollen Sie einen Kaffee?“

„Nein, danke“, erwiderte Judithsen lächelnd.

„Hast du immer noch diesen ollen Filterkaffee?“, ließ sich Michael Dackmann vernehmen. Er stand an der Tür zum Zimmer und linste kurz nach hinten, wahrscheinlich in Richtung Küche.

„Michael, ich trinke seit dreißig Jahren nichts Anderes. Das solltest du so langsam wissen.“ Ulrich Dackmann hinkte zum Ohrensessel, ließ sich schwer hineinfallen und gab einen krächzenden Ächzer von sich. „Aber gut, wenn die Herrschaften von der Mordkommission keinen wollen, dann sollten wir wirklich zur Sache kommen.“

Er starrte Westermann, der ihm gegenüber auf dem Sofa Platz genommen hatte, aufmerksam an. „Was ist mit Ernst passiert? Können Sie mir bitte etwas dazu sagen?“

„Nun, wir stehen am Anfang unserer Ermittlung, weshalb ich Ihnen zunächst nur sagen kann, dass Frau Wichmeyer ihren Mann heute tot in der gemeinsamen Wohnung gefunden hat.“

„Ach, du Scheiße“, entfuhr es Michael Dackmann, der sich gegen den Türrahmen mit verschränkten Armen gelehnt hatte.

Sein Vater bedachte ihn mit einem missbilligenden Blick, der seine Wirkung komplett zu verfehlen schien. Dann meinte er: „Das ist wirklich schlimm. In was für ärztlicher Behandlung befindet sich denn Evelyn?“

„Sie hat einen Schock erlitten und befindet sich momentan im Elisabeth Krankenhaus.“

„Verständlich. Oh, Gott. Ich kann es nicht fassen. Gestern hatte ich noch mit Ernst telefoniert gehabt. Da war noch alles in Ordnung.“

„Gab es denn Grund das Gegenteil anzunehmen?“

„Nein. Warum fragen Sie?“

„Nun, bevor Frau Wichmeyer zusammenbrach, erwähnte sie uns gegenüber, dass es um Geld ginge. Wir haben inzwischen unter anderem mit ihrem Neffen gesprochen und wissen, dass es wohl Spannungen wegen des Lottogewinns gegeben hat. Haben Sie etwas davon mitbekommen?“

„Hm, nur die Aufregung zwischen Barbara und Bruno. Der Ernst hatte dies mir gegenüber kurz erwähnt. Er wirkte dabei nicht sehr glücklich und meinte auch, dass es vielleicht keine gute Idee gewesen wäre, Bruno so schnell in die Gruppe eingeladen zu haben. Aber er und Evelyn mochte den Jungen ja auch irgendwie immer."

„Dabei war der Knilch doch schon zu Simons Lebzeiten ein Idiot", ließ sich Michael Dackmann vernehmen.

Wieder warf ihm sein Vater einen Blick mit verkniffener Miene zu.

„Ach, kennen Sie sich von früher?", wollte Judithsen wissen.

„Flüchtig. Ich habe immer einen Bogen um ihn und seine windigen Geschäfte gemacht." Michael Dackmann verzog die Lippen verächtlich. „Ich kann mir auch nicht vorstellen, dass der seinen Gewinn sinnvoll angewendet hat."

Westermann schaute aus dem Fenster runter zum Auto.

„Sie scheinen Ihren Anteil ja sehr schnell investiert zu haben."

„Was man hat, hat man. Je eher, umso besser."

Aus dem Hintergrund hörte Westermann ein Brummen. Es klang für ihn danach, als hätte Ulrich Dackmann gesagt: „Man kann auch eher pleite sein.“

Eine Aussage, die Westermann durchaus unterschreiben konnte.

Michael Dackmann stützte die Rechte in die Seite und grinste breit.

„Und es ist ja auch nicht so, als hätte ich nur in Dinge investiert, die man nicht länger nutzen kann.“ Er schnalzte mit der Zunge und tippte sich gegen die Stirn.

Wieder erklang ein wenig zustimmendes Brummen aus der Richtung von Dackmann Senior.

„Also haben sie beide nichts weiter an Spannungen mitbekommen? Keine weiteren Streitereien oder Probleme, egal ob in diesem oder einem anderen Zusammenhang?“

Fast schon synchron zuckten die Dackmanns mit den Schultern.

„Ich hab von dem Kerl nix mitbekommen“, brummte Michael Dackmann. „Und ehrlich gesagt, hatte ich in letzter Zeit wichtigere Sachen zu tun.“

„Entschuldigen Sie, wenn wir keine große Hilfe sein können“, bemerkte Ulrich Dackmann scharf und schüttelte in Richtung seines Sohnes leicht den Kopf.

Dieser verschränkte nun die Arme vor der Brust und starrte verärgert zurück. „Vadda, was ist los? Glaubst du, ich merke diese Spitzen nicht?“

„Was los ist? Ernst ist tot, das ist los! Und du zeigst nicht die Spur von Anteilnahme.“

„Die kann ich immer noch zeigen, wenn wir Evelyn sehen! Ich würde ja helfen, wenn ich das könnte. Aber Pustekuchen.“ Er schnaubte. „Ich muss eigentlich wieder weiter. Wollte nur sehen, wie es dir und deiner Hüfte geht.“

„Wo willst du denn jetzt wieder hin?“

„Weiter. Ich hab noch einen Außentermin, wenn du es unbedingt wissen musst. Ich muss schließlich mein Geld im Griff behalten.“

„Das scheint ja sehr gut zu funktionieren.“ In der Stimme von Ulrich Dackmann schwang ein säuerlicher Ton mit. Er kniff seine Augen etwas zusammen, während er seinen Sohn musterte.

Doch dieser schien genug zu haben. Wortlos nickte er den Ermittlern zu, dreht sich um und marschierte zackig hinaus. Die Eingangstür ließ er krachend ins Schloss fallen.

Kurz darauf heulte der Motor wieder auf.

Ulrich Dackmann verschränkte die vom Leben gezeichneten Hände um den Knauf seines Gehstocks und lehnte den Oberkörper nach vorne. Er schien die Stütze mehr denn je zu brauchen.

„Haben Sie Kinder?“, fragte er mit dumpfer Stimme.

Westermann und Judithsen verneinten.

„Oh, naja, vielleicht können Sie dennoch nachvollziehen, wie kräftezehrend die Erziehung sein kann.“ Er stieß ein unterdrücktes Lachen aus. „Ha! Wobei Erziehung bei einem Sohn mit vierzig Jahren kein Thema mehr sein sollte. Nur leider scheinen Michaels Ambitionen mit ihm diesmal durchzugehen. Verstehen Sie mich bitte nicht falsch, ich halte eigentlich große Stücke auf Michael. Von klein auf habe ich ihn dazu ermutigt, Ziele zu haben, an diesen zu arbeiten und Selbstvertrauen zu zeigen. Er sollte es schließlich besser haben als sein alter Herr. Doch weiß der Geier warum, irgendwann in seiner Jugend begann er, sich zu übernehmen. Zu viel und zu schnell zu tun. Letztendlich hat er es immer geschafft. Teilweise haarscharf. Ich musste ihn immer wieder ausbremsen. Und jetzt, wo er eigentlich durch den Gewinn etwas Polster und Ruhe haben müsste, dreht er wieder auf. So, als hätte er etwas nachzuholen."

„Ich nehme mal an, dass so etwas wie gerade eben normal für ihre Gespräche miteinander geworden ist", bemerkte Westermann.

„Oh, leider ja. Erst habe ich versucht, ihn zu verstehen,

dann zu ermahnen. Nicht nur wegen der Folgekosten. Doch Michael meint alles unter Kontrolle zu haben, und dass sein Anteil samt Einkommen ihn langfristig absicherten."

„Herr Dackmann, was hat ihr Sohn denn alles gekauft, dass sie glauben, er könnte diesen Lebensstil nicht aufrecht halten?“

„Also, was ich bisher mitbekommen habe, ist, dass er neben dieser Angeberkarre alles Mögliche an Elektronik gekauft hat. Irgendetwas in Richtung neuer Fernseher, Sound-Anlage und Pleischtaicion,“

Judithsen verkniff sich mühsam ein Lachen. Herrn Dackmanns konzentrierte Bemühung die Konsole im Englischen richtig auszusprechen, war irgendwie herzerfrischend für sie.

„Naja, das ist mit Sicherheit nicht billig, aber selbst wenn man all diese Sachen zusammenrechnet, sollte er noch genug übrig haben“, bemerkte sie.

„Das sind nur die Sachen, die ich bisher mitbekommen

habe, wenn ich ihn mal zu Gesicht bekomme“, brummte Herr Dackmann. „Wie Sie vorhin gemerkt haben, überrascht er mich mit seinen neuen Anschaffungen. Und da ich mit meiner Hüfte nicht mehr so viel und weit mich bewegen kann, sehe ich ihn auch nicht mehr so oft." Er stockte kurz, bevor er sehr leise hinzufügte: „Er kommt ja auch immer seltener vorbei."

„Ich nehme mal an, dass Sie ihr Geld für eine Operation an der Hüfte verwenden werden", bemerkte Westermann.

„Ja. Es wird zwar einiges übernommen, aber es gibt hier weitere Kosten zu beachten. Zumal ich beschlossen habe, mir eine kleinere Wohnung zu suchen, die altersgerecht ist. Was auch nicht billig sein dürfte."

Herr Dackmann schüttelte den Kopf und sagte: „Aber genug davon. Sie müssen Ernsts Mörder finden. Ich will Bruno nicht vorverurteilen, auch wenn er wohl Ärger gemacht hat. Allerdings muss und werde ich in mich gehen, ob es nicht doch noch etwas Anderes gibt, das ein Motiv sein könnte. Es tut mir leid, dass mein Sohn sich so unkooperativ verhalten hat."

Westermann winkte ab. „Das lassen Sie mal unsere Sorge sein. Sollten wir noch Fragen haben, bei denen wir seine Hilfe brauchen könnten, wenden wir uns an ihn. Sollte

Ihnen noch etwas einfallen, hier haben Sie meine Nummer." Er überreichte seine Karte.

„Das mache ich, versprochen. Ich weiß, es ist viel verlangt, aber könnten Sie mich auf dem Laufenden halten?" In Herrn Dackmanns Stimme schwang eine leise Hoffnung mit.

„Wenn es im Rahmen unserer Ermittlungen möglich ist, kann ich dies tun."

„Das ist sehr großzügig." Herr Dackmann versuchte aufzustehen, sank aber mit schmerzverzogenem Gesicht zurück.

Judithsen reichte ihm die Hand. „Bleiben Sie bitte sitzen. Vielen Dank für Ihre Zeit. Es tut mir leid, dass Sie Ihren alten Schulfreund verloren haben."

Der alte Mann drückte sanft ihre Hand. Er lächelte sieaufrichtig an.

„Sie sind eine sehr anständige junge Dame. Ich danke Ihnen."

Kapitel 7

„Einmal heißen Kaffee mit Milch, einmal komplett schwarz.“

Mit diesen Worten stellte Rollbach zwei dampfende Tassen auf Judithsens und Westermanns Schreibtische.

„Ähm, Rolli, ich trinke nicht schwarz, sondern mit Zucker“, bemerkte Westermann mit hochgezogener Augenbraue.

„Weiß ich, Bernd, aber deine Frau hat mich instruiert darauf zu achten, dass dein Wohlstandshügel, wie sie es nennt, nicht ausartet.“

„Hat sie das wirklich?“ Westermann verzog das Gesicht in gespieltem Entsetzen, da er bereits ahnte, dass sein Freund es nicht ernst meinte.

Rollbach lachte leise auf und zog aus seiner Brusttasche eine längliche Zuckerpackung raus. „Nein. Aber wenn, dann wär ich Teil deiner Resistance.“

Judithsen nahm einen Schluck und verzog das Gesicht. Der Kaffee aus der neuen Maschine schmeckte trotz viel

Milch furchtbar. Aber bei dem Wetter und nach der Fahrerei half er. Kurz bevor sie auf die Westerholter Straße hin zur Wache gefahren waren, hatte das Wetter sich stark verschlechtert und mit starken Windböen und einem Regenschauern die Strecke vom Parkplatz bis ins Gebäudeinnere unangenehm nass gestaltet.

„Rolli, wie geht es denn Frau Wichmeyer? Hast du irgendetwas Neues erfahren können?“, fragte sie.

Rollbach berichtete. Als er in seiner Erzählung an der Stelle mit Frau Feldmann und Bruno Wichmeyer angelangte, musste Westermann schmunzeln. Sein Freund und Kollege hatte genau den gleichen Eindruck von der Dame gewonnen wie er.

Er stand auf und trat an die weiße Tafel, die immer bei seinem Tisch stand und an der er Fakten und Verbindungen zu einem Fall festhielt. In kurzen Sätzen erfasste er Rollbachs Bericht und begann dann die Ergänzungen, die er und Judithsen zusammengetragen hatten, hinzuzufügen.

„Interessant, wie einig sich alle sind, dass Bruno Wichmeyer nicht ganz koscher ist“, bemerkte Judithsen und trank langsam weiter. „Noch interessanter finde ich allerdings, dass der Typ ganz vergessen hat, zu erwähnen, dass er mit seinem Onkel zwei Tage vor dessen Tod doch noch gesprochen hat. Vergessen oder verheimlicht."

„Jedenfalls haben wir nichts Konkretes", bemerkte Westermann und starrte die Tafel an. „Hinweise vielleicht, mehr nicht. Klar können wir ihn morgen noch einmal befragen. Jedoch dürften wir mehr davon haben, wenn uns die Auskunft über seine Vermögensverhältnisse vorliegt."

„Sollten wir nicht vielleicht auch die von Dackmann Junior einholen?", fragte Judithsen.

„Wozu? Ja, er gibt viel aus, aber das reicht als Verdachtsmoment, falls er Geldprobleme hat, nicht aus."

Judithsen schürzte die Lippen. Ihr Bauch sagte ihr etwas anderes. „Auch wahr. Na, gut, dann halt abwarten."

Westermann nickte und griff zum Telefonhörer. „Ich kümmere mich noch um die Anfrage. Gehst du dann morgen noch einmal nach Frau Wichmeyer schauen, Rolli?"

„Klar. Ihr Neffe und ihre Freundin werden mit Sicherheit

auftauchen und eine Szene machen. Das braucht Frau Wichmeyer bestimmt nicht. Ehrlich gesagt hoffe ich, dass sie dann in einer etwas besseren Verfassung als gestern ist, um die Zeit vor dem Tod ihres Mannes rekonstruieren zu können.“

„Diese Feldmann und Bruno Wichmeyer scheinen sich ja so grün wie Hund und Katz zu sein“, bemerkte Judithsen und stellte die Tasse weg.

Ihre Kollegen sahen sich an. Rollbach schien kurz zu überlegen, ob er sie korrigieren sollte, zuckte dann aber nur mit den Schultern und verließ grinsend das Büro.

Westermann strich sich über die Glatze. Fast parallel zum Klatschen der Regentropfen am Fenster, drückte er die Telefontasten.

Das Wetter änderte sich nicht. Sogar am nächsten Morgen, als Westermann im Wagen an der Kreuzung zum ehemaligen Steintor stand, die sich nicht weit entfernt von der Wache befand, arbeitete sein Scheibenwischer unermüdlich. Ein Sprecher des Radio Vests informierte ihn darüber, dass ein Tief die nächsten vier Tage für ungemütliches Wetter und Temperaturen um die zwölf Grad sorgen sollte.

Ich sollte meinen Schal in nächster Zeit nicht vergessen, fuhr es ihm durch den Kopf.

Im Büro angekommen, hängte er die nasse Jacke zum Trocknen über den Stuhl und verstaute den Linsensalat seiner Frau im Schrank unter seinem Schreibtisch.

Es klapperte und er sah auf. Judithsen kam mit einer Kaffeekanne und zwei Tassen herein.

„Ah, du bist schon da. Ich habe heute einmal Kaffee von daheim mitgebracht. Bei dem Mistwetter hilft nur der richtig gute Stoff", meinte sie und goss ein.

Dankend nahm er die Tasse entgegen, gab etwas Zucker aus seinem Geheimvorrat hinzu und startete den Computer. Nachdem er ein paar Mails beantwortet und Spam vernichtet hatte, fiel ihm eine Nachricht bezüglich der Vermögensauskunft auf. Darin wurde ihm mitgeteilt, dass Bruno Wichmeyer in den letzten zehn Jahren tatsächlich zweimal mit seinem Laden eine sogenannte

Regelinsolvenz beantragt hatte. Grund war in einem Fall eine Zahlungsunfähigkeit, beim zweiten Mal hatte es laut Bruno Wichmeyer an einer Überschuldung gelegen. In beiden Fällen hatte er jedoch das Verfahren stoppen können, indem er einen Teil, beziehungsweise die gesamte Menge der Forderungssumme und die Verfahrenskosten gezahlt hatte.

Für Westermann stellte sich da die Frage, woher das nötige Geld für die Zahlungen gekommen war. Möglich wäre natürlich, dass das Ehepaar Wichmeyer behilflich gewesen war. Oder jemand Externes.

Nach etwas Recherche wusste er, dass je nach Fall der Insolvenzabbruch nach drei oder fünf Jahren erfolgen konnte. Rein rechnerisch passte der Abstand zwischen beiden Verfahren und man konnte auch annehmen, dass die Überschuldung zum Teil durch die Begleichung der Zahlungsunfähigkeit zuvor zustande gekommen war.

Als er Judithsen davon erzählte, meinte diese: „Kein Wunder, dass der so einen Aufstand bei Frau Wiertz geprobt hat. Wahrscheinlich ist er wegen des zweiten Verfahrens so unterfinanziert, dass er schon wieder auf eine Insolvenz zusteuert. Ich mein, alleine die Preise in seinem Büdchen zeigen doch schon, dass er versucht, was zu kompensieren.“

„Kann sein. Ist Rolli eigentlich schon auf dem Weg zum Krankenhaus?“

„Ich glaube, der ist etwa fünf Minuten vor dir hier raus.“

„Ah, ok, dann schick ich ihm besser eine Nachricht. Vielleicht kann er Herrn Wichmeyer dann schon mal auf den Zahn fühlen.“

„Wenn der da mitspielt.“

Beide starrten sich in dem wortlosen Verstehens an, dass ihr Kollege nicht zu beneiden war.

Dieser stieg kurze Zeit später aus der SB20 aus und lief durch den Regen zur Rezeption. Irgendwie fühlte er sich wie in einem Déjà-vu. An der Rezeption angekommen, bat er darum auf der Station Bescheid zu geben, damit auch Frau Doktor Knopfler anwesend sein konnte.

Er traf sie zwar zunächst dort im Schwesternzimmer nicht an, erkannte aber eine der Schwestern von gestern wieder.

„War eigentlich gestern noch jemand hier, um nach Frau Wichmeyer zu sehen? Oder heute?“

Tatsächlich hatte offenbar gestern am späten Abend noch jemand, der sich auf Nachfrage als Bruno Wichmeyer vorgestellt hatte, versucht sich ins Zimmer einzuschleichen. Allerdings war in dem Moment ein Pfleger anwesend, der diesen mit Nachdruck hinauskomplimentiert hatte. Ansonsten schien nichts passiert zu sein.

Bis jetzt, fuhr es Rollbach durch den Kopf. „Kann ich denn schon zu ihr?“

„Wenn Sie kurz auf mich warten, dann ja“, erklang es eilig von hinten. Doktor Knopfler kam mit schnellen Schritten auf ihn zu, das Klemmbrett in der Hand. „Grüß Sie. Ich habe mir eben noch die Visite-Unterlagen besorgt. Also, Frau Wichmeyer hat sehr gut auf die Behandlung mit der Nähr-Infusion angeschlagen. Ich habe mit ihr auch noch einmal wegen der Mangelernährung gesprochen und sie meinte, dass sie normalerweise gut essen würde, in letzter Zeit aber etwas wegen Stress an Appetit verloren hätte."

„Glauben Sie ihr das?"

„Es ist eine Möglichkeit. Mir sind übrigens noch zwei kleiner Hämatome im Bereich der Oberarme aufgefallen. Angeblich ist sie in den letzten Tag auf nassem Laub ausgerutscht. Ansonsten kann ich nur sagen, dass sie wegen gestern psychisch immer noch etwas mitgenommen zu sein scheint, nun aber entlassen werden kann."

„Ok, kann ich denn jetzt zu ihr?"

„Das sollte kein Problem sein." Der Klinikpager ertönte und Doktor Knopfler schaute stirnrunzelnd darauf. „Die Pflicht ruft. Herr Rollbach, machen Sie es gut." Sie reichte ihm die Hand und ging hastig weiter.

Bevor Rollbach an die Tür zu Frau Wichmeyers Zimmer

klopfte, sah er auf sein Smartphone. Vorhin, beim Verlassen des Busses, hatte es kurz vibriert. Er las Westermanns Nachricht zu Bruno Wichmeyer.

Sieh einer an, fuhr es ihm durch den Kopf. Ob der werte Neffe gestern sichergehen wollte, dass sein Goldesel ihn noch versorgen kann?

Er klopfte, trat ein und fand Frau Wichmeyer vor, wie sie gerade auf der Bettkante saß und den Rest ihres Frühstücks zur Seite stellte.

„Herr Rollbach. Sie sind aber schnell wieder da“, begrüßte sie ihn verwundert.

„Nun, ich wollte mich noch einmal vergewissern, dass es Ihnen gut geht. Vielleicht sehen Sie sich nun auch, im Gegensatz zu gestern, eher in der Lage mit mir zusammen ein paar Fragen durchzugehen.“

Die alte Dame blickte ihn verständnislos an. „Gestern? Hatten wir nicht heute miteinander gesprochen?“

„Nein, das war tatsächlich bereits gestern.“

„Meine Güte, ich muss ja gestern mitgenommen gewesen sein, dass ich dies so sehr durcheinander bringe.“

Kein Wunder, dachte Rollbach. „Wie fühlen Sie sich denn

heute?“

„Wackelig, aber es geht schon. Ich weiß nur nicht, was ich jetzt machen soll.“ Tränen schossen ihr in die Augen.

Rasch zog Rollbach ein Taschentuch hervor und reicht es ihr. Die arme Frau. „Fühlen Sie sich denn gerade trotzdem in der Lage, noch einmal auf unsere Gespräche gestern einzugehen?“, fragte er und zückte sein Notizbuch.

Nachdem sie sich überraschend laut geschnäuzt hatte, erwiderte Frau Wichmeyer: „Natürlich.“

„Gut. Sie sagten gestern, dass es zwischen Ihrem Mann und Ihrem Neffen wegen des Gewinns Streit gegeben hätte. Wie haben Sie davon erfahren und was genau hat ihr Mann gesagt?“

Sie lehnte den Kopf nach rechts und schaute gedankenverloren nach oben. Dann meinte sie langsam: „Also, vor zwei, nein, jetzt drei Tagen kam ich vom Schwimmen im Südbad zurück. Da gehe ich nämlich gerne mit der Annegrete und ein paar anderen Damen hin. Jedenfalls hörte ich beim Reinkommen bereits, wie Ernst sehr laut das Telefon zurückstellte. Als ich ihn fragte, was denn los sei, meinte er … oh, Gott, wie war das noch einmal ganz genau.“ Sie griff nach einer Strähne und drehte diese nachdenklich hin und her. „Bruno hätte angerufen und sich zuerst über Barbara ausgelassen. Den Zwist zwischen den Beiden sind wir zwar schon gewohnt, was aber nicht bedeutet, dass es mit der Zeit nicht etwas anstrengend geworden ist. Naja, jedenfalls erzählte Ernst dann, dass Bruno wohl den Gewinn ganz schnell investieren wolle oder müsse und deshalb eigentlich gar nichts davon hätte.“

„Hat ihr Mann erwähnt, was für Investitionen das waren?“

„Nein, er hat nur noch gesagt, dass er versucht hat, dieses Thema abzuwenden. Das hat Bruno offenbar nicht zulassen wollen und Ernst … dem war das Ganze zu viel. Er hat mir gesagt, dass er Bruno diesmal nicht helfen würde und könne. Was er ihm auch gesagt hätte.“

„Was Ihrem Neffen bestimmt nicht gefallen haben mochte.“

Sie zuckte mit den Schultern. „Ernst wollte danach nicht mehr darüber reden. Ich habe ich noch ein- oder zweimal gefragt, aber er hat immer abgeblockt. Er wollte den Gewinn genießen und sich nicht über sowas Gedanken machen."

Das ist ja doch mehr vorhanden, als sie vorher angegeben hatte, dachte sich Rollbach und ergänzte seine Notizen auf dem Smartphone.

„Hat Ihr Neffe danach nochmal versucht, Kontakt aufzunehmen?"

„Nein, nicht, dass ich wüsste."

„Irgendjemand anderes, mit dem Ihr Mann kurz vor seinem Tod noch gesprochen hat?"

„Nein, wir hatten ganz ruhige Tage gehabt. Ich bin dann auch erst gestern wieder vor die Tür, weil uns Zutaten für eine Zabaglione fehlten. Und der Ernst liebt nun einmal seine Zabaglione." Frau Wichmeyer stockte und fuhr

dann merklich leiser fort: „Das heißt, er liebte sie."

„Ist Ihnen beim Verlassen des Hauses jemand aufgefallen, den Sie nicht kannten? Oder auf dem Rückweg?"

„Nein. Da war niemand. Ich habe die Haustür aufgemacht und das Essen gerochen, was seltsam war.“

„Wieso?“

„Ich hatte nichts so weit vorbereitet, dass es hätte fertig sein können, wenn ich wieder zurückkomme. Ernst wusste ja Bescheid, dass ich mich diesmal ums Kochen kümmern wollte. Also bin ich rein und habe erfolglos nach ihm gerufen.“ Ganz langsam schlich sich ein Zittern in ihre Stimme und Rollbach konnte sehen, wie sie ihre Hände fest zusammenfaltete, um nicht die Beherrschung zu verlieren. „Und dann … dann … kam ich ins Wohnzimmer und … da lag Ernst. So furchtbar verdreht und dann seine Augen.“

„Schon gut. Sie müssen nicht weitererzählen, wenn es zu schwer wird“, meinte Rollbach sanft und reichte ihr ein weiteres Taschentuch.

Wieder schnäuzte sich Frau Wichmeyer als hätte sie einen kleinen Elefanten in der Nase. „Danke. Ich wünschte, ich könnte Ihnen mehr sagen, aber ich habe es gerade noch so geschafft, die Polizei anzurufen und dann wurde alles nur noch verworren für mich."

„Verständlich", bemerkte Rollbach.

In diesem Moment wurde, ohne dass es vorher geklopft hätte, die Tür aufgerissen. Herein stob eine kompakt in ihre Jacke gepackte Frau Feldmann, die erst Millimeter vor der Bettkante stehen blieb und dabei Rollbach fast zur Seite stieß.

„Evelyn!" Ihre Stimme hätte nicht höher und sorgenvoller klingen können. Fast schon wie ein übermotiviertes Nebelhorn, dachte Rollbach.

„Evelyn! Oh, meine Güte. Es tut mir ja so leid. Der arme Ernst. Was für eine Tragödie! Wie geht es dir? Brauchst du etwas? Oh, ich habe mir ja seit gestern solche Sorgen um dich gemacht."

Die Worte prasselten schneller auf Frau Wichmeyer ein

als die Regentropfen ans Fenster. Diese blinzelte nur sprachlos ihre emotionale Freundin an.

Erst ein deutliches Räuspern Rollbachs lenkte Frau Feldmanns Aufmerksamkeit vom Krankenbett weg.

„Frau Feldmann, wie schön, Sie hier zu sehen. Verzeihung, aber Frau Wichmeyer und ich befinden sich gerade noch im Gespräch. Wenn Sie also bitte noch etwas draußen warten könnten."

Die Röte in Frau Feldmanns wechselte von dem Ton der emotionalen Aufregung hin zum Ton des peinlich berührt Seins.

„Oh, ohja, das ist natürlich richtig. Aber seien Sie bitte nicht zu streng mit ihr!" Kaum hatte sie dies gesagt, war sie auch schon aus dem Zimmer geschlüpft. Die Tür schlodd sie diesmal sehr sanft.

„So, ich mache es besser kurz. Frau Feldmann wirkte ja nicht sehr geduldig. Was mich noch interessieren würde, ist, ob ihr Mann irgendwelche medizinischen Probleme hatte."

„Frau Wichmeyer schaute ihn verwundert an. „Nun, Ernst vertrug keine Erdnüsse. Diese Allergie hatte er im Alter entwickelt. Warum fragen Sie?“

„Wir ermitteln nur in alle Richtungen. Verstehe ich es richtig, dass jeder ihrer Freunde, Bekannten und Familienangehörigen davon wusste?“

„Ja, warum sollte man dies auch verheimlichen?“

„Da haben Sie Recht.“

Rollbach zog das Bild, das Westermann gestern noch mitgenommen hatte, stellte es auf den Tisch neben dem Bett und meinte: „Das hier wollten wir Ihnen schon einmal wieder zurückgeben.“

„Ah, der Simon.“ Frau Wichmeyer griff danach und strich lächelnd über das Glas. „Mein Junge. Da haben wir gerade seinen Geburtstag gefeiert.“

„Ihr Verlust tut mir wirklich leid.“ Rollbach erhob sich. „Wir melden uns, sobald wir mehr wissen. Bis dahin … werden Sie erst einmal bei Bekannten bleiben? Frau Feldmann vielleicht?“

Sie erhob sich von der Bettkante und stellte das Bild zur

Seite. „Nein“, antwortete sie. „Zwar wird Annegrete darauf bestehen, aber es ist besser, wenn ich wieder nach Hause komme. Ich weiß, dass mag seltsam klingen, aber da ist Ernst ja noch irgendwie vor Ort. Ich fühle mich dort einfach … geankert.“ Sie sah ihn unsicher an. „Ich weiß nicht, ob das gerade Sinn ergibt.“

Rollbach nickte und sagte zum Abschied: „Falls Sie sich noch an etwas erinnern oder meinen etwas zu wissen, dass wichtig für uns sein könnte, dann rufen Sie uns einfach an. Hier ist meine Karte.“

Zögernd nahm Frau Wichmeyer die Karte entgegen und dreht sie unschlüssig in den Händen herum. „Danke. Haben Sie eigentlich Bruno gesehen?“

Rollbach verneinte und erzählte ihr von der Situation. Frau Wichmeyer schaute ihn überrascht an.

„Das habe ich ja gar nicht mitbekommen. Bestimmt war ich einfach zu müde oder habe geschlafen.“

„Wahrscheinlich“, erwiderte Rollbach lächelnd und

schritt Richtung Tür. „Wollen Sie, dass ich Ihren Neffen benachrichtige?“

„Nein, Danke. Das mache ich gern später, wenn ich etwas Ruhe gefunden habe.“

„Das wäre ja noch schöner, wenn dieser Schwachmatikus jetzt auch noch für Wirbel sorgt“, kam es brummend von der Tür. Ohne dass es Rollbach oder Frau Wichmeyer es bemerkt hatten, war diese von Frau Feldmann, die Rollbachs näherkommende Stimme gehört haben musste, geöffnet worden.

Wachsam starrte die alte Dame den Ermittler an. „Sind Sie fertig?“

„Ja, Frau Feldmann, diesmal sind wir fertig“, antwortete Rollbach und verkniff sich eine spitze Bemerkung. Er trat stattdessen aus dem Zimmer heraus, verabschiedete sich von den beiden Damen und winkte beim Verlassen der Station noch dem sehr hilfreichen Pflegepersonal zu.

Während sich die Aufzugstür vor ihm schloss, konnte er in der Ferne noch hören und sehen, wie Frau Feldmann ihre Freundin umschwirrte wie eine Glucke ihr Küken.

Kapitel 8

Der Himmel war so grau, wie man es normalerweise von Ringeltauben kannte. Nur vereinzelt zeigten sich hellere Rissen in der Wolkenmasse, die von gelegentlichen Windstößen weitergeschoben wurde. Eine Besserung schien deshalb aber nicht in Sicht zu sein.

Auf dem Flur zu seinem Büro angekommen, sah Rollbach, wie Judithsen gerade mit einer Kanne in ihr Büro eintrat. Ihr Kaffeekonsum gehörte zu den legendären Dingen, die im Kollegium bekannt waren. Daher machte er sich auch keine Gedanken darum, wie viele Kannen sie schon vernichtet hatte. Allerdings wäre etwas Heißes jetzt durchaus von Vorteil. Schnell schnappte er sich eine seiner Tassen und folgte dem frischen Kaffeegeruch.

„Stellt euch vor, draußen regnet es."

Schweigen und schmales Lächeln waren die Antwort.

„Morgen, Rolli", erwiderte Judithsen und schwenkte die wohlig gluckernde Kanne. „Du siehst fertig aus. Liegt es am Wetter oder am Krankenhausbesuch?"

Während er sich den Kaffee schmecken ließ, informierte Rollbach seine beiden Kollegen über Frau Wichmeyers Aussage. Westermann fügte diese in Stichpunkten seiner weißen Tafel hinzu.

„Bruno Wichmeyer steht immer schlechter da“, meinte Rollbach. „Ich würde sogar behaupten, dass er euch bewusst den Vorfall mit seinem Onkel verschwiegen hat. Vergessen wird er es bestimmt nicht haben, wenn er wirklich so dringend Investitionen tätigen muss und deshalb wieder seinen Onkel anhauen wollte.“

„Also, für mich klingt das logisch“, meinte Judithsen und nickte zustimmend. „Wenn er wirklich der Täter ist, dann hat er seinen Onkel umgebracht, um sich nun an seine Tante heran zu wanzen und bei ihr Geld zu schnorren.“

„Wenn das Wörtchen ´Wenn´ nicht wäre…“, bemerkte Westermann und schüttelte nachdenklich den Kopf.

Es klopfte unrhythmisch. Ein Kollege, der einen Stapel Ordner und anderer Unterlagen mühsam zu balancieren versuchte, trat ein. Er fummelte eine Mappe heraus, reichte diese Rollbach und meinte: „Für Westermann.“

Dann wankte er wieder hinaus.

Rollbach runzelte kurz die Stirn und reichte die Mappe dann an Westermann weiter. Auf ihr stand ein Vermerk, dass es sich um die Unterlagen zu Herrn Wichmeyers Obduktion handelte.

Westermann blätterte durch die Seiten und runzelte vereinzelt beim Lesen die Stirn. „Ich glaube, der Jürgen Kochalcik hat schon wieder den Bericht geschrieben." Er sah ganz hinten im Bericht nach. „Ja, hat er."

„Jürgen, das Wörterbuch?", fragte Judithsen und verzog den Mund mitfühlend. Sie kannte den Kollegen aus der Gerichtsmedizin von einer Betriebsfeier. Er war ein wandelnder Wissensberg, der seinen Wortschatz leider immer sehr ausufernd und kompliziert präsentierte.

„Genau. Wenn ich seinen Text richtig verstehe, dann war tatsächlich eine allergische Reaktion Schuld an Herrn Wichmeyers Tod. Der gesamte Atembereich hat sich offenbar rasch zusammengezogen und Kochalcik vermutet, dass zusammen mit Herrn Wichmeyers Alter ein Kreislaufkollaps sehr wahrscheinlich ist. Ich denke, dies erklärt, warum Herr Wichmeyer es nicht mehr rechtzeitig zu seinem Antihistaminikum geschafft hat. Die Reaktion muss einfach zu heftig gewesen sein. Laut Kochalcik hat den Anfall das Allergen Ara h2 ausgelöst." Westermann tippte den Begriff in eine Suchmaschine ein. „Ah, das ist ein Allergen aus der Erdnuss. Offenbar einer der häufigsten Allergieauslöser."

Rollbach kratzte sich irritiert am Kopf. „Herr Wichmeyer ist an einer Erdnuss verstorben?", fragte er zweifelnd. „Wie zum Kuckuck hat er denn nicht gemerkt, dass eine Nuss, auf die er allergisch reagiert, im Salat untergemischt wurde? Ich weiß doch, wie Erdnuss riecht und schmeckt. Sowas merk ich doch beim ersten Bissen und mach dann nicht weiter."

Judithsen lehnte sich lachend in ihrem Stuhl zurück. „Mensch, Rolli, für jemanden, der für sein Leben gern isst, zeigst du grad wenig kulinarisches Wissen. Im Salat war Ruccola, auch Rauke genannt, drin. Der ist bekannt für seinen scharfen bis nussigen Geschmack. Wenn man das im Hinterkopf behält, dann ist es durchaus denkbar, dass Herr Wichmeyer die Erdnuss im Salat deshalb nicht geschmeckt hat."

„Ernsthaft? Wenn das so einfach ist, warum morden dann nicht mehr Ehefrauen mit diesem Salat?"

„Wer sagt, dass sie es nicht tun?", erwiderte Judithsen und zog vielsagend die Augenbrauen nach oben. „Jetzt aber Scherz beiseite: damit wäre doch bewiesen, dass Foul Play vorhanden ist. Mir kann niemand sagen, dass es ein Missgeschick seitens der Wichmeyers gewesen ist. Die würden sich doch nie Erdnüsse freiwillig ins Haus holen, wenn sie schon so lange mit Herrn Wichmeyers Allergie leben."

„Es wäre ein Indiz, ja", bemerkte Westermann. „Außerdem würde es bedeuten, dass nur Leute in Frage kämen, die davon wussten. Was natürlich bei Freunden und Familienmitgliedern der Fall ist. Leider kreist das den Bereich der Verdächtigen nicht wirklich ein. Allerdings sollten wir damit Grund genug haben das Haus noch einmal zu überprüfen. Speziell die Küche."

„Die Giftküche", sagten Rollbach und Judithen gleichzeitig. Verdutzt sahen sie sich gegenseitig an.

Westermann seufzte belustigt auf. Rollbach färbte wirklich auf Judithsen ab. Und zwar völlig unbeabsichtigt.

„Ich fahr nachher hin. Marlene, kommst du mit?"

„Klar. Dann erlebe ich ja vielleicht diese berühmte Frau Feldmann in Person."

„Ich sage dir, die wird auch dich von den Socken hauen. So viel … Schwung wie die hat", bemerkte Westermann und verzog den Mund zu einem dünnen, aber anerkennenden Lächeln.

Kurz bevor Rollbach das Büro verließ, drehte er sich kurz um. Er konnte es sich nicht verkneifen und frotzelte in Judithsens Richtung: „Es überrascht mich ja, dass Miss Ich-verbrenne-sogar-Wasser sich mit Kräutern und Geschmack auskennt."

Judithsen zeigte ihm lächelnd den Vogel.

Die nächsten beiden Stunden verbrachten sie mit Papierkram, der die Minuten länger zu dehnen schien. Nach ein paar weiteren Tassen Kaffees und im Fall von Westermann der Hälfte seines Linsensalates, war die Bürokratie weitestgehend bezwungen. Zumindest für den Moment.

Judithsen stand auf und drückte leise stöhnend ihren Rücken durch. Es knackte leise. „Uff, das war jetzt aber nötig!“, befand sie. „Wollen wir so langsam los?“

Westermann nickte.

Draußen angekommen, stellten sie fest, dass der Himmel wesentlich mehr helle Strukturen in seiner Wolkendecke entwickelt hatte, als erwartet, diese jedoch bereits wieder zu schrumpfen begannen.

Bevor er einstieg, fegte Westermann ein paar Blätter von den Scheibenwischern und erwischte dabei sogar eine zur Hälfte aufgeplatzte Kastanie. Verwundert sah er nach oben. Der Baum über ihm sah eigentlich nicht danach aus, als würde er noch welche tragen.

Was für ein Glück, dachte Westermann. Da versuche ich einen Platz zu finden, der nicht unter Beschuss durch diese Dinger stehen kann und dann sowas. Diese Gegend ist einfach Kastanien-Territorium.

„Alles ok?“, hörte er seine Kollegin aus dem Wageninneren fragen.

„Ja, nichts Wildes“, erwiderte er, warf die Kastanie zur Seite und stieg ein.

Die Fahrt dauerte diesmal etwas länger, da offenbar jede Ampel ihnen ihr Rot präsentieren wollte. Außerdem parkte in der Straße der Wichmeyers ein Auto dicht an dem nächsten, was die Parkplatzsuche nicht unbedingt vereinfachte.

„Du hast aber auch kein Händchen dafür in der letzten Zeit, oder?“, meinte Judithsen und blickte Westermann grinsend an.

Dieser zuckte unbekümmert mit den Schultern und fand letztendlich doch noch eine Lücke, in die er sich gekonnt einfädelte.

Sie stiegen aus und liefen die paar Meter zum Haus die Straße hinauf.

Überall hatte man das durch Wind und Wetter von den Bäumen gerissene Herbstlaub zur Seite geschafft. Die Bewohner der Straße schienen sehr auf freie und ordentliche

Gehwege zu achten. Nur auf dem Bürgersteig, der an dem Vordergarten der Wichmeyers vorbeiführte, hatten sich kleine Hügel an braunen, roten und gelben Blättern aufgetürmt.

„Dann wollen wir mal“, brummte Westermann und betätigte die Klingel.

Kurz darauf näherte sich im Haus das Geräusch von Schritten der Tür. Es erklang das Schaben eines Schlüssels, der im Schloss umgedreht wurde. Langsam öffnete sich die Tür, gerade so breit, dass Frau Feldmann ihren Kopf hindurchstecken konnte.

„Ja, bitte?“, meinte sie misstrauisch, bevor sich ihre Gesichtszüge beim Anblick von Westermann erkennend aufhellten.

„Frau Feldmann, wie schön Sie wieder zu sehen“, grüßte dieser lächelnd. „Wir müssten Frau Wichmeyer sprechen.“

„Muss das sein?“, fragte sie wenig begeistert. „Die Evelyn braucht sehr viel Ruhe jetzt!“

„Es sollte auch nicht allzu lange dauern."

„Nun, wenn sie meinen. Kommen Sie bitte herein", erwiderte sie zögernd. „Wir haben es uns gerade gemütlich gemacht, um alles ein wenig zu ordnen und zu sehen, wie es weitergehen soll. Ernsts Tod hinterlässt, wie Sie sich ja denken können, tiefe Narben. Darum muss sich gekümmert werden. So schnell wie möglich. Und da bin ich natürlich für meine Evelyn als Hilfe zur Stelle. Sowas gehört sich nun einmal."

Als sie eintraten, warf Judithsen ihrem Kollegen einen Blick mit erhobenen Augenbrauen zu, den dieser gelassen erwiderte. Immerhin hatte er mit diesem Aufeinandertreffen bereits gerechnet gehabt.

Im Wohnzimmer saß Frau Wichmeyer am Tisch und stellte die Tasse ab, aus der sie gerade erst einen Schluck genommen hatte. Vor ihr standen zwei Teegedecke und ein kleiner Teller voller runder Plätzchen. Nervennahrung, schoss es Judithsen durch den Kopf.

Die beiden Kommissare stellten sich vor und nahmen zusammen mit Frau Feldmann Platz.

„Was verschafft uns denn die Ehre für Ihren so schnellen Besuch?“, fragte die alte Dame lächelnd. „Ihren Kollegen, den lieben Herrn Rollbach, habe ich ja erst heute in der Früh noch sprechen können.“

Mit einem flüchtigen Blick auf Frau Feldmann, meinte Judithsen in Richtung von Frau Wichmeyer: „Es gibt inzwischen neue Erkenntnisse. Wäre es möglich mit Ihnen unter vier Augen zu sprechen?“

„Keine Sorge, die Annegrete kann ruhig dabei sein“, meinte Frau Wichmeyer mit sanfter Stimme. „Ich nehme einmal an, dass Sie hier sind, weil Sie wissen, was meinen Mann getötet hat.“

Westermann räusperte sich. „So ist es. Unsere Gerichtsmedizin hat herausfinden können, dass Ihr Mann an einem allergischen Schock gestorben ist. Ein Schock, dessen Auslöser Erdnüsse gewesen sind, die höchstwahrscheinlich in den Salat untergemischt worden sind.“

„Der Ernst wurde vergiftet?“ Die bestürzten Worte entschlüpften nicht etwa Frau Wichmeyer, sondern Frau Feldmann, die fast ihre Tasse fallen gelassen hätte. „Aber das ist ja furchtbar! Wer tut denn sowas?“

Judithsen sah ihr an, dass sie längst eine Vermutung besaß. Dafür wirkten Frau Feldmanns Augen auf sie viel zu gefasst. Ihr Blick wanderte zu Frau Wichmeyer. Deren Gesicht wies eine Mischung aus ehrlicher Verwirrung und vor traurigem Entsetzen geweiteten Augen auf.

„Das wissen wir noch nicht“, erwiderte Westermann ruhig. „Allerdings können Sie, Frau Wichmeyer, uns bei der Klärung behilflich sein.“

„Alles, was Sie wollen.“

„Sehr gut. Wir müssten uns zunächst Ihre Küche ansehen.“

„Warum?“ entfuhr es Frau Feldmann. „Sie wollen doch nicht etwa andeuten, dass Evelyn etwas im Haus hat, was ihren Mann umbringen könnte?“

Westermann hob beschwichtigend die Hände. „Reine Routine, das kann ich Ihnen versichern. Wir müssen zum Beispiel sichergehen, dass der Täter oder die Täterin nichts in dieser Richtung hinterlassen hat. Sie verstehen?“

Diese Erklärung schien Frau Feldmanns Entrüstung zu besänftigen. Allerdings ging sie, dicht gefolgt von ihrer Freundin, hinter den beiden Ermittlern her und schaute ihnen mit verschränkten Armen zu, wie sie zunächst die Küche durchsuchten.

Als wären wir diejenigen, die es zu untersuchen gilt, fuhr es Judithsen wenig begeistert durch den Kopf, als sie sich die weißen Handschuhe überzog. Während sie einen Hängeschrank öffnete, blickte sie nach links zu Westermann, der ein relativ gelassenes Gesicht machte. Er ging in die Knie, öffnete eine Tür neben dem Ofen und holte eine Konservendose nach der anderen hervor.

„Nanu“, brummte er plötzlich und langte ganz nach hinten hinein. Es schabte, als würden weitere Dosen zur Seite gezogen. Dann holte er eine kleine grüne Flasche mit Schraubverschluss hervor.

„Marlene“, meinte er leise nach einem kurzen Blick aufdas Etikett. Sie beugte sich über ihn und las. Es war eine Flasche mit Gourmet-Erdnussöl.

Westermann stand auf und hob die Flasche hoch. „Frau Wichmeyer, kommt Ihnen dies bekannt vor?“

Vorsichtig trat sie näher und runzelte die Stirn. Dann legte sie den Kopf zur Seite, als wolle sie sich an etwas erinnern, schüttelte schlussendlich aber den Kopf.

„Nein, das habe ich noch nie gesehen“, erwiderte sie und machte wieder einen Schritt zurück. „Ist das die Flasche, mit der mein Ernst umgebracht wurde?“

„Das muss sie sein!“, meldete sich ihre Freundin von hinten zu Wort. „Aber was hat dieses Ding hier zu suchen?“

Gute Frage, dachte Westermann. Er zog eine Tüte hervor, steckte die Flasche hinein und reichte sie zum Beschriften an Judithsen weiter.

„Wann haben Sie zuletzt hier unten einen Blick hineingeworfen?“

„Hm, vielleicht vor einer Woche. Oder doch eher vor neun bis zehn Tagen.“

„Ok, und wer hatte in der Zeit Zugang zu diesem Schrank?“

„Naja, wenn ich mich richtig erinnere, ich, Ernst, Barbara und … Annegrete.“

„Ich war das aber nicht!“, platze es aus der zuletzt Genannten heraus. „So hintertrieben bin ich doch nicht, dass ich hier etwas ins Haus schaffe, das wen umbringt!“

Angesichts der Entrüstung und weil nun wirklich kein Grund für etwas Anderes vorhanden war, wurde diese Aussage von den beiden Ermittlern für wahr befunden.

„Wir nehmen dies hier mit. Allerdings bedeutet dieser Fund auch, dass wir noch einmal alles hier durchsuchen müssen.“

„Muss das sein?“, fragte Frau Feldmann. „Hier ist doch gerade erst wieder etwas Ruhe eingekehrt.“

Frau Wichmeyer hob eine Hand, um ihr zu zeigen, dass sie ruhig sein sollte. „Wenn es Ihnen dabei hilft, den Täter zu finden, dann tun Sie dies bitte. Es gefällt mir im Übrigen auch nicht, dass man mir offenbar die Tatwaffe unterschieben wollte!“

Zum ersten Mal schlich sich so etwas wie Wut in die Gesichtszüge und Stimme von Frau Wichmeyer. Sogar ihre Freundin schaute sie überrascht an. Anscheinend war sie es nicht gewöhnt, solche Töne von ihr zu hören.

„Vielen Dank“, erwiderte Westermann und zückte sein Smartphone.

Eine halbe Stunde später rückte ein kleines Team der Spurensicherung an und machte sich an die Arbeit. Doch außer der Flasche, die Westermann in der Küche gefunden hatte, konnten sie nichts Weiteres zutage fördern.

In der ganzen Zeit der Untersuchung blieb Frau Wichmeyer an ihrem Platz am Wohnzimmertisch sitzen und trank langsam den Tee. Dabei hielt sie die Tasse stets mit beiden Händen umklammert und starrte in diese hinein.

Ihre Freundin griff irgendwann nach ihrem rechten Arm und flüsterte: „Alles ok?“

Ohne aufzublicken, murmelte sie: „Ok ist schon lange nichts mehr.“

Kapitel 9

Am nächsten Tag stand Westermann gerade am Drucker und holte dort Futter für neue Akten ab, als er eine vertraute Stimme vernahm: „Herr Westermann! Ich grüße Sie."

Er wandte sich nach rechts und sah Herrn Dackmann Senior auf sich zu humpeln.

„Herr Dackmann, was machen Sie denn hier?"

„Ihre Kollegen vom Eingangsbereich waren so freundlich, mich durch zu lassen, nachdem sie bei Frau Judithsen mein Kommen angekündigt hatten."

In dem Moment steckte die eben Erwähnte ihren Kopf aus dem Büroeingang heraus und rief: „Ach, Bernd, da war noch ein Anruf eben. Der Herr Dackmann…"

Westermann deutete den Gang hinunter. „Der steht bereits hier."

„Ups."

„Ja, so könnte man das auch sagen."

"Störe ich vielleicht gerade?", fragte Herr Dackmann, der es inzwischen zu Westermann geschafft hatte.

"Aber nein. Kommen Sie mit ins Büro. Marlene, hast du noch Kaffee da?"

"Immer. Das weißt du doch."

Dankend setzte sich Herr Dackmann vor Westermanns Tisch auf einen Stuhl und nahm die Tasse Kaffee entgegen.

"Nun, Herr Dackmann, wie kann ich Ihnen helfen?"

"Oh, es ist eher so, dass ich hoffe, Ihnen behilflich sein zu können. Wissen Sie, gestern habe ich mit der Barbara Wiertz am Telefon geplaudert. Wir wollten klären, inwiefern wir der Evelyn unter die Arme greifen können und sollen." Der alte Mann seufzte schwer. "Nun ja, es ist natürlich auch der Umstand von Ernsts Tod zur Sprache gekommen. Wir haben uns selbstverständlich darüber Gedanken gemacht, was in letzter Zeit vorgefallen sein könnte, wodurch sich ein Motiv hätte ergeben können. Dabei kam Barbara auf einen Streit zu sprechen, der vor ein paar Wochen zwischen Ernst und meinem Sohn entfacht sein soll. Es ging wohl um Simon. Das ist der Sohn von den Wichmeyers, wie Sie vielleicht wissen."

Westermann nickte. "Wissen Sie, worum es dabei genau ging?"

"Leider nein. Ich war damals nicht anwesend gewesen. Und mein Sohn, den ich natürlich gefragt habe, mauert."

Westermann stütze die Ellenbogen auf seinem Schreibtisch ab, faltete die Hände unter dem Kinn und dachte einen Moment nach, bevor er besonnen fragte: "Warum erzählen Sie uns das? Verstehen Sie mich bitte nicht falsch, wir sind über jede Spur und jede Kooperation dankbar. Aber sind Sie sich im Klaren darüber, dass Sie Ihren Sohn damit zum Verdächtigen machen könnten?"

Ganz langsam stellte Herr Dackmann seine Tasse ab und umklammerte mit beiden Händen seinen Gehstock. Er fixierte Westermann in ruhiger Gelassenheit und antwortete: "Das weiß ich sehr wohl. Ich bin auch nicht hier, um Michael anzuschwärzen, sondern um ihn durch das Herausfinden der Wahrheit zu entlasten."

Wenn er einen Hut aufgehabt hätte, wäre es Westermann ein Vergnügen gewesen, diesen vor seinem Gegenüber zu ziehen. Herr Dackmann glaubte zwar an die Unschuld seines Sohnes, war jedoch realitätsnah genug, um der Logik ihren Platz zu lassen.

"Ich danke Ihnen für die Information. Und gut, dass Sie da sind, denn Sie wollten ja auch auf dem Laufenden gehalten werden, was die Ermittlungen betrifft."

In knappen Sätzen umriss Westermann, woran Herr Wichmeyer gestorben war und was sich im Anschluss daran bei Frau Wichmeyer ergeben hatte. Dabei beobachtete er genau das Gesicht von Herrn Dackmann. Dieses zeigte allerdings nur offene Bestürzung. Sogar die Kinnlade fiel herunter.

"Das haben die Beiden nun wirklich nicht verdient", entwich es ihm dann. "So eine Sauerei. Ich hoffe, der Verbrecher war ein Schwachmatikus und hat wenigstens einen Teil eines Daumenabdruckes hinterlassen!"

"Das hoffen wir auch", erwiderte Westermann ruhig. "Wo befindet sich ihr Sohn denn momentan?"

"Wahrscheinlich auf der Arbeit. Er hat drüben im Industriegebiet von Grullbad eine Verpackungsfirma. Wenn er nicht gerade mit seinem Monster von einem Wagen durch die Gegend fährt, sollte er dort im Büro sein."

Westermann schrieb sich die Adresse der Firma und Michael Dackmanns Nummer auf, die Herr Dackmann Senior ihm nannte. „Frau Wiertz hat Ihnen auch nicht sagen können, worum es im Streit genau ging?"

Schulterzucken. „Nein, das hat sie nicht ganz mitbekommen. Zum Teil deshalb, weil Ernst und Michael so gemauert haben."

„Gut, wir werden uns der Sache annehmen. Ich danke Ihnen dafür, dass Sie extra hierher gekommen sind. Das muss mit der Hüfte nicht einfach gewesen sein."

„Ach, ich wollte eh zur Probsteikirche in der Altstadt, um eine Kerze für Ernst aufzustellen. Außerdem können Sie sich gar nicht vorstellen, wie schwer es mit einer Hüfte werden kann, wenn man nur rumsitzt."

Westermann lächelte verstehend. Er begleitete Herrn

Dackmann noch bis zum Eingang und fuhr mit dem Aufzug wieder hoch.

Oben angekommen, kam ihm bereits Judithsen mit Jacke und Mütze auf dem Arm entgegen.

„Wo willst du denn hin?“

„Ich nehme dir mal die Entscheidung ab, mir zu sagen, dass wir jetzt zu Frau Wiertz uns begeben.“

„Danke, aber wir sollten zuerst einmal nachprüfen, ob Frau Wiertz überhaupt daheim ist.“

„Ist sie. Ich habe gerade mit ihr telefoniert und uns angekündigt. Offenbar hat sie Urlaub.“

Wortlos nahm Westermann seine Sachen von ihr entgegen und nickte anerkennend. Seine Kollegin sorgte nicht nur in ihrer Freizeit für Aufregung und Geschwindigkeit.

Frau Wiertz empfing sie bereits am Eingangsbereich zum Hausflur. Diesmal hatte sie allerdings keinen Jungen im Schlepptau, sondern einen kleinen Papierkorb, den sie noch eben geleert zu haben schien.

„Sie sind ja schneller, als die Polizei erlaubt“, bemerkte sie, als sie die Wohnungstür aufschloss.

Im Wohnzimmer angekommen, stellte sie den Eimer rasch zur Seite und wies auf ihre Sitzgarnitur. „Bitte, setzen Sie sich. Diesmal kann ich wenigstens Tee anbieten.“

Dankend nahm Westermann eine heiß gefüllte Tasse entgegen und setzte sich. Judithsen hingegen, die Tee einfach nichts abgewinnen konnte, lehnte mit einem Lächeln ab.

„Was haben Sie herausgefunden?“, fuhr Frau Wiertz fort. „Und um gleich zu dem für mich wirklich Interessanten zu kommen: Was hat es mit mir zu tun?“

Westermann nippte erst am Tee, bevor er ihr von dem Allergen und dem Fund der Flasche bei Frau Wichmeyer berichtete.

Die junge Frau hatte sich auf dem Sofa zurückgelehnt und hörte ihm mit auf den Händen abgestütztem Kopf schweigend zu.

Als er aufgehört hatte, rieb sie sich das Gesicht und sagte mit tiefer Ruhe in der Stimme: „Eines vorneweg: mich können Sie von der Liste der Verdächtigen streichen. Ja, dafür haben Sie nur mein Wort, aber mit etwas Verstand sollte jedem klar sein, dass ich von Ernsts Tod nicht profitiere. Weder persönlich noch monetär oder so."

„Das glauben wir Ihnen. Können Sie sich aber vorstellen, wer das Erdnussöl verwendet oder platziert hat?" Westermann zückte sein Smartphone und öffnete eine neue Notiz.

„Das können Sie sich ja wohl denken."

Westermann nickte. Allerdings bezweifelte er etwas, dass Bruno Wichmeyer so dumm gewesen wäre die Flasche einfach wieder zurückzustellen. Die Gefahr von Spuren, die er dabei hätte hinterlassen können, war nicht unerheblich. Und ganz ehrlich, ein kühler Denker in einer Stresssituation schien Bruno Wichmeyer nicht zu sein.

„War das alles?", fragte Frau Wiertz.

„Nein. Heute Morgen kam Herr Dackmann Senior zu uns und erzählte uns von ihrem Gespräch mit ihm."

„Ach, ja, da kann ich mir schon denken, worum es geht.

Der Teil über den Streit zwischen Ernst und Michael interessiert Sie bestimmt. Nun, das ist eher schnell erzählt. Bei unserem vorletzten Stammtisch hat der Ernst den Michael im Lokal zur Seite genommen. Ich glaube sogar, dass es relativ zum Ende unserer Sitzung hin war. Jedenfalls gab es ein paar hitzige Worte. Das kam mir so vor, auch wenn ich nicht mehr als ein paar Satzfetzen verstanden habe. Aber das Gesicht vom Ernst und der Nacken vom Michael sind ziemlich rot geworden."

„Was für Worte konnten Sie denn verstehen?"

„Simons Name ist definitiv mehrfach gefallen. Ernst sprach davon, dass es nicht witzig sei. Michael hat etwas davon gesagt, dass er dafür nicht verantwortlich gemacht werden könne. Was auch immer das heißen soll. Ernst hat auf jeden Fall die Frage gestellt, ob er, nach all der Zeit und Ungewissheit, das glauben solle."

Interessant, dachte Westermann und machte sich eine Notiz. „Was ist danach passiert?"

„Nicht viel. Die Beiden kamen wieder an den Tisch zurück und taten so, als wäre nichts gewesen. Was ihnen aber niemand wirklich geglaubt hat. Michael ist dann als Erster gegangen."

„Haben Sie noch irgendwie versucht mehr über die Auseinandersetzung herauszufinden? Oder hat vielleicht jemand anderes es noch versucht?"

„Nein. Ich wüsste auch nicht, was Michael mit Simons Unfalltod zu tun hätte. Er war doch weit davon entfernt."

„Wenn wir schon einmal dabei sind, was ist denn damals genau passiert?", fragte Judithsen.

Frau Wiertz lehnte sich nach vorne und holte tief Luft, bevor sie antwortete: „Sie wissen ja bereits, dass es zwölf Jahre her ist. Im Oktober, um genau zu sein. Simon wollte spät am Abend noch nach Röllinghausen mit dem Fahrrad fahren. Wir waren dort verabredet und eigentlich hatte er zuerst den Bus nehmen wollen, sich dann aber wegen der Zeit dagegen entschieden." Sie schluckte schwer, als sie die Erinnerung wieder einholte. „Hätte er das besser nicht gemacht. An einer Kreuzung, mitten in der Pampa, ist er laut der Polizei dann von einem Wagen erwischt worden. Und statt dann auszusteigen und sich um Simon zu kümmern, ist dieser Arsch mit Ohren von einem Fahrer einfach weitergefahren!“

„Wenn ich mich richtig erinnere, dann sagten sie in unserem letzten Gespräch, dass man den Fahrer nie gefasst hat?“

„Richtig. Es gab wohl Spuren, wie zum Beispiel Glassplitter, aber man hat diese nie jemandem zuordnen können. Es hat auch nicht geholfen, dass es dunkel und niemand in der Nähe gewesen ist. Erst ein Motorradfahrer hat ihn später gefunden!“

„Haben Sie sich denn nicht gewundert, wo Ihr Freund geblieben ist?“

„Doch. Als er fünfzehn Minuten nach der vereinbarten Zeit immer noch nicht aufgetaucht war, habe ich versucht ihn anzurufen und als das mehrfach nicht geklappt hat, bin ich erst einmal wieder nach Hause. Von dort aus habe ich bei Ernst und Evelyn angerufen. Die wussten auch von nichts.“ Langsam wurden ihre Augen feucht. „Noch nicht einmal anderthalb Stunden später wurde ich von den Beiden dann zurückgerufen und über Simons Tod informiert. Den Rest können Sie sich ja denken."

Westermann zog eine Packung Taschentücher hervor, die er Frau Wiertz reichte. Diese nahm ein Tuch heraus, setzte die Brille ab und tupfte sich die Tränen weg. „Danke. Es ist einfach so frustrierend. Jetzt ist schon der zweite Wichmeyer, der mir etwas bedeutet, umgekommen und es ist nicht klar, wer ihn getötet hat."

„Nun, daran arbeiten wir", versicherte Westermann ihr. „Und ich kann Ihren Frust auch verstehen. Ihre Aussagen sind uns daher sehr wichtig, wie Sie sich denken können."

„Warum hatten Sie sich damals verabredet?", fragte Judithsen.

Diese Frage löste bei Frau Wiertz ein schiefes Grinsen aus. Sie setzte ihre Brille wieder auf und setzte sich wieder gerade hin.

„Dieses Treffen sollte so etwas wie ein Startpunkt für ein

Projekt sein. Wir wollten damals gemeinsam das ganze Vest durchreisen und uns durch möglichst viele Lokale futtern, um ein besseres Gefühl für das Angebot und die Küche der Region zu bekommen."

„Respekt", erwiderte Westermann und meinte dies ehrlich. Denn er wusste noch allzu gut aus seinem Erdkunde- und Geschichtsunterricht, dass das Vest nicht klein war. Ursprünglich nur eine Bezeichnung für den mittelalterlichen Gerichtsbezirk Recklinghausen, verstand man heute darunter den gesamten Kreis Recklinghausen. Dieser erstreckte sich zwischen Emscher und Lippe über mehrere große Städte hinweg, wie zum Beispiel Marl und Haltern am See. In diesem Gebiet alle Lokale abzuklappern oder gar die regionale Küche auskundschaften und verstehen lernen zu wollen, dazu brauchte es schon viel Geduld, Geld und Zeit.

Frau Wiertz lachte auf. „Ach, das war nur so eine halbernste Spinnerei. Wir waren jung, voller Ideen und wollten immer zusammen sein." Ihr Blick wanderte kurz zur Decke, bevor sie nachdenklich fortfuhr: „Wissen Sie, was komisch ist? Oder eher besonders. Simons Tod hat zwar am Anfang einen riesigen Riss im Leben von Ernst und Evelyn hinterlassen. Doch nach einer Weile waren sie enger als je zuvor. Als ich Evelyn einmal dazu fragte, sagte sie mir, dass sie und Ernst nur noch einander hätten und deshalb beschlossen hatten immer füreinander da zu sein … wenn das mal nicht echte Liebe ist, dann weiß ich es auch nicht."

Dem konnte man nichts mehr hinzufügen.

„Gut, dann wollen wir einmal weiter. Der Tee war übrigens ausgezeichnet. Vielen Dank für Ihre Zeit", meinte Westermann und stand auf.

An der Wohnungstür drehte er sich noch einmal um und sagte: „Da fällt mir eine Sache noch ein. Was haben Sie eigentlich mit Ihrem Gewinn vor?"

Frau Wiertz starrte ihn erst verdutzt an, bevor sie antwortete: „Äh, das mag jetzt vielleicht etwas simpel klingen, aber ich möchte das ganze Vest bereisen und all das machen, was ich mit Simon vorhatte. Nennen wir es ein spätes Einlösen eines Versprechens. Oder so etwas in der Art."

„Nun, das ist nicht seltsam, sondern eine sehr schöne Idee.

Ich wünsche Ihnen viel Vergnügen dabei, wenn sich nach all dieser Unruhe die Gelegenheit und Muße für Sie ergibt."

Mit einem Lächeln verabschiedete sich Frau Wiertz von den Ermittlern.

Unten, auf der Straße, fragte Judithsen: „Warum hast du denn das zum Schluss noch gefragt?"

Westermann schloss den Wagen auf und erwiderte beim Einsteigen: „Gib einem Menschen Geld und du lernst, was für ein Mensch er ist."

„Wow, das klingt sehr philosophisch."

„Eher ein Zitat aus dem Hause Westermann Senior."

Der Motor startete mit einem leisen Brummen und sie fuhren los. Doch bevor sie von der Salentinstraße in Richtung des Industriegebietes Grullbad abfahren konnten, klingelte Westermanns Smartphone. Er hielt am Seitenrand an und meldete sich.

Ein Kollege informierte ihn über einen Anruf, der von

einem gewissen Bruno Wichmeyer eingegangen sei. Dieser sei sehr aufgeregt gewesen und hätte offenbar unbedingt Westermann sprechen wollen. Es ginge wohl um Michael Dackmann.

Westermann ließ sich die Adresse geben, die nicht weit von Wichmeyers Laden entfernt war, verabschiedete sich und legte mit einem leisen Seufzer auf.

„Ist was passiert?“, fragte Judithsen.

„Könnte sein“, erwiderte er und startete erneut den Motor. „Offenbar hat Dackmann Junior für etwas Aufregung bei Wichmeyer Junior gesorgt. Sieht so aus, als müssten wir zuerst zu ihm nach Süd.“

„Super, dann können wie ihn ja gleich bezüglich seiner Vermögensverhältnisse aufs Gebiss fühlen.“

„Ein Zahn tät schon reichen.“

Kapitel 10

Bruno Wichmeyers Wohnadresse sah außen nicht viel besser aus, als seine Ladenfront. Die blassroten Dachziegel wiesen grüne Flächen auf und die raue Häuserwand hätte schon vor langer Zeit einen weiteren weißen Anstrich gebrauchen können.

Als Westermann vorfuhr, fiel ihm und Judithsen der Mercedes ins Auge, der recht schnell vor dem Haus abgestellt worden sein musste, so schräg wie er dastand.

„Das Kennzeichen kommt mir irgendwie bekannt vor. Dir nicht?“, bemerkte Judithsen langsam.

„Hm, wenn dich das schon an wen erinnert, dann schau einmal zur Haustür“, meinte Westermann und zog den Schlüssel ab.

„Ach du …“

An der Haustür standen Bruno Wichmeyer und Michael Dackmann und lieferten sich ein hitziges Wortgefecht. Das Gesicht des Ersten war dabei zu einer abschätzigen Fratze verzogen. Diese füllte sich sehr schnell mit

Erleichterung, als Bruno Wichmeyer die Ermittler näherkommen sah.

„Ah, die Polizei! Sehr schön. Können Sie bitte etwas unternehmen? Ich fühle mich gerade sehr bedrängt, muss ich sagen.“

Herr Dackmann fuhr herum und starrte Westermann und Judithsen wütend an. Dann wurde ihm klar, wer nun direkt vor ihm stand.

„Was machen Sie denn hier?“, entfuhr es ihm überrascht.

„Nun, wir bekamen einen Anruf, dass Herr Wichmeyer uns gerne sprechen wollte“, erwiderte Judithsen ruhig. „So wie es aussieht, kommen wir da genau richtig. Denn mit Ihnen wollten wir sprechen, Herr Dackmann.“

„Ach … da frage ich mich doch, warum?“ kam es süffisant von Herrn Wichmeyer.

„Das können wir gerne drinnen besprechen. Es sei denn, Sie wollen Ihre Unterhaltung mit uns in aller Öffentlichkeit fortführen.“

Michael Dackmann machte ein wenig begeistertes Brummen. „Als ob wir das wollen würden“, meinte er leise.

Doch Herr Wichmeyer zeigte sich noch weniger begeistert. „Wie bitte? Muss ich wirklich ihn jetzt reinlassen?“

„Sie würden damit vieles vereinfachen“, meinte Judithsen. „Oder haben Sie etwas zu verbergen?“

Den letzten Satz sagte sie zwar mit einem freundlichen und offenen Lächeln, so als wollte sie einen Scherz machen, doch Westermann konnte an ihren Augen erkennen, dass ihr so gar nicht der Sinn nach Späßen stand.

Widerwillig winkte Bruno Wichmeyer sie herein. Dabei tauschten er und Michael Dackmann noch einmal giftige Blicke aus.

Das Innere des Hauses glich einem Albtraum für jeden Deko-Liebhaber und Einrichtungsfreund. Es fehlte an allem Möglichen. Westermann sah weder Bilder, Teppiche, noch bunte Wandfarbe oder Pflanzen. Sogar die Möbel wirkten recht spartanisch und waren rar. Fast so, als hätte der Hauseigentümer es auf simple Funktionalität abgesehen. Vom Wohnzimmer aus konnte man durch ein großes Glasfenszer in einen Garten hinter dem Haus sehen, der scheinbar mit der Nagelschere geschnitten wurde.

Der schöne Schein, fuhr es Westermann durch den Kopf.

Herr Wichmeyer stellte sich mit verschränkten Armen in die Tür zum Wohnzimmer und starrte abschätzig die Ermittler und Michael Dackmann an.

„So, was ist denn hier wirklich los?“, wollte Judithsen wissen. „Worum ging es zum Beispiel gerade in ihrem Streit?“

„Was hier los ist, kann ich Ihnen genau sagen“, entfuhr es Herrn Wichmeyer. „Erst ruft der Kerl mich vorhin an und meint mich über meinen Onkel aushorchen zu müssen, und nachdem ich ihm nichts sagen wollte, kreuzt der hier auf! Nur um mich dann zu beschuldigen, dass ich etwas mit dem Tod zu tun habe!“

„Als ob!“, knurrte Herr Dackmann. „Lassen Sie sich von

dem doch nix erzählen! Mich hat er angerufen und wollte mich ausquetschen! Das hat mir nicht gepasst, woraufhin er mich offen beschuldigt hat. Als ob ich sowas einfach hinnehme."

„Sie sind also hier, um es persönlich richtig zu stellen?"

„Ja, was denn sonst?"

Ein unterdrücktes Schnauben kam aus Herrn Wichmeyers Richtung, der mit den Augen rollte.

„Du musst gar nicht so auf unschuldig machen, Freundchen!", bellte Herr Dackmann beinahe. „Wer von uns Beiden hat wohl Geldprobleme?"

„Ich habe keine Geldprobleme! Was für Unverschämtheiten muss ich mir in meinem eigenen Haus eigentlich noch anhören?", fragte Herr Wichmeyer und blickte die Ermittler anklagend an.

Sieht man ja an der ausladenden Einrichtung, bemerkte Judithsen spitz in ihren Gedanken.

Westermann rieb sich das Kinn und erwiderte ruhig: „Wie gut, dass dies gerade angesprochen wird, denn wir wollten Ihnen, Herr Wichmeyer, diesbezüglich auch ein paar

Fragen stellen. Allerdings glaube ich nicht, dass hier die momentane Situation eine vernünftige und streitfreie Unterhaltung zulassen würde."

„Also, ich habe nix zu verbergen", meinte Herr Dackmann. „Allerdings verstehe ich, was sie meinen und wir können ja später bei mir auf der Arbeit unterhalten. Über was auch immer Sie mit mir reden wollten." Er trat ein paar Schritte zurück zum Flur, der immer noch von Herrn Wichmeyer blockiert wurde.

„Moment. Wenn Sie schon einmal hier sind, könnten Sie auch vielleicht draußen einen Augenblick auf uns warten. Wir müssen wirklich mit Ihnen reden."

Judithsen behielt die ganze Zeit Bruno Wichmeyer im Auge. Bei Westermanns letzten Worten stahl sich ein Feixen und eine Genugtuung in seine Mundwinkel, dass es nur schwer war diese zu übersehen.

Das fiel natürlich auch Herrn Dackmann auf, dessen Miene sich noch weiter verfinsterte. „Was ist denn so wichtig, dass Sie nicht warten können?", brummte er verdrießlich. Eine Ader an seiner Schläfe trat leicht hervor.

Knallt dem gleich eine Sicherung durch?, fragte sich Judithsen stirnrunzelnd.

Westermann, dem dies ebenfalls aufgefallen zu sein schien, hob beschwichtigend die Hände und sagte: „Wir wollen zunächst einmal nur jede Information, die wir bekommen, so schnell und gründlich wie möglich überprüfen, um eine Spur festigen oder ausschließen zu können. Wenn Sie draußen auf uns warten, würde dies einiges vereinfachen. Auch für Sie, weil Sie es dann hinter sich hätten.“

Herr Dackmann entspannte sich etwas. Zumindest sackten seine Schultern ein wenig nach unten. Er stieß gepresst einen Atemzug hervor und stemmte die Arme in die Seiten. "Also, gut. Da mir dieses ganze Hickhack zu blöd wird und ich mir keiner Schuld bewusst bin, können sich mich auch hier drinnen gleich befragen."

„So sehr ich ihre Kooperation auch zu schätzen weiß, wir müssen Sie getrennt behandeln, denn es geht um einen Streitfall, den Sie und Herr Wichmeyer Senior vor Kurzem hatten.“

Da ging Herrn Dackmann ein Licht auf. „Ernsthaft? Ich werde jetzt verdächtigt? Ich habe nichts getan! Anders als der Typ hier muss ich nicht irgendwelche Kredithaie mit Geld versorgen, um Altlasten zu begleichen.“ Er fuchtelte in Richtung Herr Wichmeyer. „Ja, Bruno, ich weiß, dass du dir Geld für irgendwelche Geschäftsinvestitionen geliehen hast! Ein Kumpel von mir hat mir das nämlich vor kurzem zufällig verraten, weil du ihm auch etwas für eine verpatzte Geschäftsidee schuldest.“

„Das ist ja wohl ein typisches Verhalten für einen Verdächtigen“, ließ sich Bruno Wichmeyer vernehmen. „Angeklagt sein, aber auf andere unbescholtene Bürger zeigen. Bürger, die sehr wohl ein Alibi haben, wie ich bemerken darf. Also, wirklich, das schreit doch gerade danach näher untersucht zu werden.“

Die Faust schoss wie der Kopf einer Schlange hervor. Sie

traf Bruno Wichmeyer links unten am Gesicht, nahe der Unterlippe. Sein Kopf ruckte dem Schlag folgend zur Seite hin weg und er riss in schmerzhafter Verblüffung Augen und Mund auf.

Ein kleiner Schrei entfuhr ihm, als er in die Knie ging und sich das Gesicht hielt.

„Hast du sie noch alle?“ Anklagend deutete er auf Michael Dackmann, der sich die Knöchel rieb. „Dafür zeig ich dich an!“ Er sah zu Westermann und zischte: „Sie haben das doch gesehen, oder?“

„Das schon und Sie haben auch das Recht auf eine Anzeige. Unsere Kollegen in der Wache nehmen Ihre Aussage gerne entgegen. Doch vorher würde ich Herrn Dackmann gerne unter vier Augen sprechen. Herr Dackmann, folgen Sie mir bitte in den Garten hinter dem Haus.“

„Was bist du nur für ein Waschlappen“, knurrte Michael Dackmann verächtlich und wandte sich ab.

Draußen meinte Westermann mit fester Stimme: „Mir ist

schon klar, dass es stressig sein muss, wenn man unter Verdacht steht. Die Fäuste jedoch dann sprechen zu lassen, ist in so einem Fall aber nie besonders hilfreich. Wie Sie gerade wohl gemerkt haben müssen.“

Michael Dackmann sah den Ermittler mit steinerner Miene

an.

„Ihr Schweigen interpretiere ich als Zustimmung. Haben Sie sich jetzt wieder einigermaßen unter Kontrolle, oder müssen wir die Unterhaltung vielleicht auf der Wache fortführen?“

„Schon gut, ich bin wieder ruhig“, war die mürrisch gebrummte Antwort.

„Gut, dann zurück zu meiner Frage von eben. Haben Sie mit Herrn Wichmeyer eine Auseinandersetzung gehabt wegen des Unfalls seines Sohnes? Wenn ja, warum?“

Michael Dackmann knirschte fast mit den Zähnen, als er antwortete: „Ja, doch. Es gab da einen Streit. Oder eher ein Missverständnis wegen etwas, was ich vor kurzem gesagt hatte. Als Simon damals starb, war ich feiern gewesen. Allerdings weit weg von der Unfallstelle! Nur habe ich damals eine Dummheit gemacht und bin mit vielleicht etwas zu viel Sprit intus unterwegs gewesen.“ Er hüstelte und meinte leiser: „Es war ein Auto involviert. Ich besaß damals noch nicht so lange den Führerschein.“

Westermann verzog keine Miene. Das Geständnis, wenn man es so nennen wollte, bezog sich auf eine Straftat, die verjährt sein dürfte.

„Jedenfalls bin ich mit ein paar Leuten durch die Gegend gekreuzt. Ohne dass etwas passiert ist, wohlgemerkt! Allerdings ist das auch alles, woran ich mich noch erinnern kann."

„Und wie hat das dann zum Streit geführt?"

Michael Dackmann verschränkte seine Arme, scharrte mit den Schuhsohlen und verdrehte die Augen. „Wie gesagt, vor kurzem hatte ich auf einem unserer Stammtische etwas Dummes gesagt. Es gab ein oder zwei Biere für mich zu viel. Als dann mein Vadda meinte, dass ich so nicht fahren könne, erwiderte ich, dass wäre mir klar. Immerhin wäre ich nicht mehr der Jungspund von vor zwölf Jahren, der es schaffen wollte von Röllinghausen nach Pöppinghausen zu fahren."

Westermann ahnte etwas. Zwischen den beiden Stadtgebieten Recklinghausens lag die Straße „An der

Brandheide“. Also genau die Straße, wo Simon Wichmeyer umgekommen war.

Sein Gegenüber schien zu merken, was er sich dachte. „Ja, ich weiß, diese Straße ist eine der kürzesten Strecken, um von Stadtmitte zu Stadtmitte zu gelangen. Aber ich bin diese nicht gefahren, sondern über die viel größere Merveldtstraße! Ich hätte einen Umweg im Zickzack auf mich nehmen müssen, um von dort zur Unfallstelle zu gelangen. Doch das war mir zu dem Zeitpunkt trotz meiner Benebelung zu unsicher gewesen. Das habe ich Ernst damals auch gesagt.“

„Aber er wird Ihnen nicht geglaubt haben, weil Sie es damals, zur Zeit des Unfalls, nicht erwähnt hatten. Oder haben Sie vielleicht gelogen?“

„Letzteres. Ich hatte Angst, dass ich wegen Trunkenheit

am Steuer dran sein würde“, erwiderte Herr Dackmann und warf die Hände in die Luft. „Mal davon abgesehen, dass ich auch nicht wollte, dass man mich in Verbindung mit dem Unfall bringt!“

„Schön und gut. Was ich nicht verstehe, wieso Herr Wichmeyer, besonders nach all der Zeit, sich mit Ihnen darüber gestritten hat. Warum hätte er Ihnen nicht glauben sollen?“

„Ernst hat es nie verwunden, seinen Sohn verloren zu haben. Das kann ich auch verstehen. Von meinem Vadda weiß ich, dass er sehr lange immer wieder zur Polizei gegangen ist, um sich über die Ermittlungen zu informieren. Er soll sogar eigene Ermittlungen angestellt haben, besonders dann, als es klar wurde, dass der flüchtige Fahrer nicht gefasst werden würde. Irgendwann mussten wohl Evelyn und mein Vadda einschreiten, wenn ich mich noch richtig erinnere. Und dennoch hat Ernst ab und zu davon gesprochen, dass er auf Gerechtigkeit hofft.“

Das klingt fast, als wäre Herr Wichmeyer bereit gewesen,

diesbezüglich nach Strohhalmen zu greifen, kam es Westermann in den Sinn. Er schwieg aber weiter und gab mit einem leichten Nicken Herrn Dackmann zu verstehen, dass es weitergehen konnte.

Dieser räusperte sich und fuhr dann fort: „Ernst hat jedenfalls damals auch angekündigt, dass er sich Gedanken darüber machen wird, wie er damit weiter umgeht. Ja, das klang etwas ominös, ich weiß, aber es ist auch alles im Sande verlaufen."

„Wie meinen Sie das?"

„Na, er hat es danach nicht mehr angesprochen. Was auch nicht verwunderlich ist, denn es gibt nichts, das mich belasten könnte. Darum habe ich der ganzen Geschichte auch keine Beachtung mehr geschenkt. Naja, außerdem habe ich mit meiner Firma und dem Privatleben genug zu tun."

„Läuft es da nicht so gut?"

„Nein. Es herrscht einfach eine gute Auftragslage", wehrte Herr Dackmann ab. „Hören Sie, es tut mir wirklich leid, dass ich eben so aufgebraust bin. Und wenn ich könnte, würde ich Ihnen für Ernsts Todestag auch ein hieb- und stichfestes Alibi geben."

Er zog sein Smartphone hervor und öffnete eine App, die eine Reihe von kalendarischen Daten enthielt. Diese hielt er Westermann hin. „Dies sind all die Kunden, mit denen ich an dem Tag zu tun hatte. Da ich allerdings auch hin-

und herfahren durfte, bestehen leider zeitliche Lücken. Sie können sich aber gerne vergewissern, inwiefern es mich entlastet oder belastet."

Nachdem er sich die Daten notiert hatte, meinte Westermann abschließend: „Wollen Sie mit Herrn Wichmeyer noch einmal wegen der Anklage reden?"

Ein Schnauben. „Soll er mich doch verklagen. Dem Kerl steht mit Sicherheit das Wasser schon so sehr zum Hals, dass ich da den Braten nicht mehr fett machen werden."

„Wenn Sie meinen." Westermann gab ihm die Hand. „Wir melden uns, wenn wir noch Fragen haben sollten."

„Das dachte ich mir schon."

Bevor Herr Dackmann wieder in seinen Wagen stieg, rief ihm der Ermittler noch zu: „Sagen Sie, wussten Sie, dass Ernst Wichmeyer unter einer Allergie litt?"

„Äh, kann sein, dass er das einmal erwähnt hat. Ich kann mich aber nicht genau erinnern. Warum fragen Sie?"

„Reine Routine."

Verwirrt zuckte der junge Mann mit den Schultern und stieg ein.

Im Hausinneren stand währenddessen Judithsen gegen die Wand neben der Wohnzimmertür gelehnt. Sie schaute mit wenig Mitleid Bruno Wichmeyer zu, wie dieser sich einen Eisbeutel gegen die Lippen hielt und zusammengekrümmt am Wohnzimmertisch hockte. Trotz des Beutels murmelte und fluchte er so laut, dass sie ihn hören konnte..

„Was hat Herr Dackmann damit gemeint, als er von den Kredithaien gesprochen hat?“, meinte sie.

Er sah sie finster an.

„Den Blick können Sie sich nun wirklich sparen. Wir wissen, dass Sie in den letzten Jahren finanziell schwer angeschlagen worden sind. Das ist nun wirklich kein Geheimnis.“

Ein missmutiges Geräusch entwich Herrn Wichmeyer, bevor er den Eisbeutel auf den Tisch sacken ließ. „Wissen Sie eigentlich, wie schwer es ist, einen Laden in Eigenregie zu führen?“, fragte er und verzog das Gesicht in einem

Kummer, den wahrscheinlich nur er zu verstehen vermochte. „All die Ausgaben und die viele Zeit, die ich da hineinstecke, müssen sich doch auch mal lohnen. Aber nein, es läuft immer wieder mies. Die Kunden kaufen einfach nicht genug, damit man auch was für und von der Zukunft hat. Mir blieb ja gar nichts Anderes übrig, als mich bei Leuten einzuklinken, deren Geschäftsideen Gewinne versprachen. In einigen Fällen geschah dies als Teil einer stillen Partnerschaft. Nur leider hat es viel zu oft nicht geklappt und ich habe nur Geld versenkt."

„Da kam Ihnen der Gewinn natürlich ganz gelegen."

„Ja, ich kann nicht abstreiten, dass er hilfreich gewesen

ist. Doch es fehlt noch ein Teil und der wird durch die Zinsen und Fristen nicht besser."

„Also haben Sie Ihren Onkel angerufen, um Ihn um Hilfe zu bitten."

„Er und meine Tante hatten doch mehr als genug! Sogar doppelt, wenn man es genau nimmt. Dann wäre ich meine Last losgeworden und hätte auch später Ihnen alles wieder zurückgegeben! Doch bevor ich überhaupt zu diesem Teil habe kommen können, hat Ernst sämtliche Kommunikation abgeblockt."

„Das wird Sie nicht kalt gelassen haben." Judithsen stieß sich von der Wand ab und trat an den Tisch heran. Ihr Gesicht wies keinerlei Regung auf.

„Was glauben Sie denn bitte?", brummte Herr Wichmeyer und packte sich den Eisbeutel wieder ans Gesicht. „Ja, ich kann es schlecht leugnen, dass ich wütend war."

„Das haben Sie, genau wie das Telefonat mit Ihrem Onkel, uns gegenüber aber nicht erwähnt."

„Weil ich nicht als verdächtig dastehen wollte! Ich weiß doch, wie das Ganze ausgesehen hätte!"

Na, dein Schweigen hat es ja für dich so viel besser gemacht, dachte Judithsen. „Und dann haben Sie was gemacht?"

„Na, nichts. Meinen Onkel habe ich danach nicht mehr sprechen oder sehen können. Und an meine Tante komm ich auch nicht ran, weil dauernd diese Feldmann dazwischen kommt! Die ist schlimmer als jeder Pinscher."

In dem Moment trat Westermann wieder ins Zimmer zurück. „Wie sieht es hier aus?", fragte er.

„Och, wir haben uns gerade sehr interessant über Geld unterhalten", antwortete Judithsen. „Herr Wichmeyer wollte mir gerade noch erzählen, was er gemacht hat, nachdem seine Tante und der Onkel ihn nicht mit Geld versorgen wollten."

Der damit Angesprochene blickte sie etwas perplex an und sagte: „Wie? Achso, naja, im Moment befinde ich mich in der Schwebe. Zwar konnte ich durch Anzahlungen Fristverlängerungen erreichen, die werden aber nicht ewig halten. Ich brauche wirklich Hilfe, nur wird die mir immer wieder versagt."

Themenwechsel, gab Judithsen Westermann mit einem Blick zu verstehen. Dieses Selbstmitleid kann sich ja keiner mehr antun.

„Waren Sie in der letzten Zeit bei Ihrem Onkel zu Besuch?

Wenn ja, warum?“

„Das letzte Mal … war vor etwa dreieinhalb Wochen. Da hatten er und meine Tante ihren Lavendelhochzeitstag, wie sie mir einmal scherzhaft erzählt hatten. Weil ich nun auch ein sehr aufmerksamer Neffe bin, ging ich an dem Tag sie besuchen und hatte einen Fresskorb dabei.“

„Was für ein Fresskorb?“, horchte Judithsen auf.

„Naja, so ein paar Wurst- und Käsespezialitäten, eine Flasche Wein, Erdnussöl, Olivenöl, verschiedene Gewürze und weißes Nougat, in Anlehnung an ihre Italienliebe. Ich habe mich nicht lumpen lassen.“

Schweigen füllte den Raum. Herr Wichmeyer sah die Ermittler stirnrunzelnd an und fragte: „Stimmt damit was

nicht?“

Westermann seufzte. „Herr Wichmeyer, ich fürchte, Sie müssen uns mit auf die Wache begleiten.“

„Was? Warum das denn zum Teufel?“

Nachdem Westermann ihn aufgeklärt hatte, sackte Herr

Wichmeyer in sich zusammen. „Verdammte Scheiße …“

Kapitel 11

Bruno Wichmeyers Fluch hallte Judithsen später durch den Kopf. Allerdings hatte sie diesmal Anlass zur Verärgerung.

Nachdem sie Bruno Wichmeyer auf die Wache mitgenommen und ihm unter anderem auch die Fingerabrücke abgenommen hatten, wurde ihnen am Abend der Bericht der Spurensicherung zur Küche der Wichmeyers und der gefundenen Flasche ins Büro reingereicht.

Laut dem Bericht befanden sich rund um den Schrank herum keine verwertbaren Spuren. Im Schrankinneren hatte man wiederum nur Abdrücke von Ernst Wichmeyer und einer weiteren Person gefunden, die aber nicht Bruno Wichmeyer war. Zu allem Überfluss hatte derjenige, der die Flasche benutzt hatte, sie sehr effektiv abgewischt.

Also gab es nichts Eindeutiges, womit man Bruno Wichmeyer weiter mit dem Tod seines Onkels in Verbindung bringen konnte. Nichts, außer der Tatsache, dass er die Tatwaffe geliefert hatte.

„Wäre ja auch zu schön gewesen, um wahr zu sein, oder

sehe nur ich das so?“, brummte sie leise und ließ die Unterlagen auf ihren Schreibtisch fallen.

„Nicht nur du“, erwiderte Westermann, der an seine Tafel schrieb. „Aber warten wir einmal ab, was ich noch wegen der Geschichte zwischen Dackmann Junior und Ernst Wichmeyer herausfinden kann. Irgendwie glaube ich nicht, dass Letzterer besonders viel Erfolg mit seiner Nachforschung gehabt haben kann.“

Ein paar Telefonate später hatte er herausgefunden, dass Ernst Wichmeyer tatsächlich noch einmal versucht hatte, Informationen zum Unfalltod einzuholen. Zudem hatte er bei Kollegen wohl versucht in Erfahrung zu bringen, wie es mit Verjährungsfristen und Mindeststrafe bei fahrlässiger Tötung durch Fahrerflucht aussah. Zeitlich passte diese Anfrage zu dem Zeitpunkt des Streites zwischen Dackmann Junior und Ernst Wichmeyer. Allerdings hatte man Letzterem damals klar gemacht, dass die Straftat längst verjährt war.

Also hätte Michael Dackmann gar nichts zu befürchten gehabt, überlegte Westermann. Höchstens der Verlust seines guten Rufes. Aber ob Ernst Wichmeyer dafür den Charakter gehabt hätte? Wohl eher nicht.

„Dann fällt er als Verdächtiger wohl auch weg", brummte Westermann. Noch eine Spur weniger. Oder vielleicht doch nicht?

Als hätte sie seine Überlegung hören können, fragte Judithsen: „Glaubst du nicht auch, dass Frau Wichmeyer ihrem Mann etwas angemerkt hat? Den Streit wird sie mitbekommen haben, ebenso den Frust danach."

Da Westermann durch seine langjährige Eheerfahrung wusste, wie empathisch und hartnäckig die bessere Hälfte einer Beziehung sein konnte, begnügte er sich mit einem zustimmenden Nicken. Außerdem irritierte es ihn, dass das Ehepaar das geschenkte Erdnussöl unkommentiert entgegen genommen und anscheinend sogar behalten hatten. Selbst für Menschen, die nicht gerne Geschenke weiterverschenkten, sollte es eigentlich klar sein, dass eine potentielle Gesundheitsgefährdung die Ausnahme von der Regel darstellen sollte.

„Ich denke, dass wir ihr dann morgen einen Besuch abstatten müssen“, brummte er und stand auf. „Was machst du gleich?“

Wortlos deutete seine Kollegin auf einen Aktenordner neben sich.

„Was hast du denn da?“

Sie seufzte. „Einen Grund noch nicht nach Hause gehen zu müssen.“

Westermann kniff leicht die Augen zusammen, sinnierte kurz über die möglichen Bedeutungen dieser Aussage und meinte dann: „Deine Mutter hat sich angekündigt, habe ich Recht?“

Verlegen kratzte Judithsen sich am Kopf. „Ja, stimmt. Ich weiß, dass das nicht die feine Art ist, aber wenn ich noch einmal zu hören bekomme, dass ich es langsamer angehen soll, bekomme ich noch einen Tinnitus.“

Westermann streifte sich seine Jacke über. Er hatte mitbekommen, wie Judithsen die Unfallakten zum Tode Simon Wichmeyers studiert hatte. Zwar glaubte er nicht, dass ihr mögliche Parallelen schwer zu schaffen machten, ihm war allerdings auch nicht entgangen, wie sie beim Lesen kurz den einst kaputten Arm angestarrt hatte.

„Hilfe ist ein Trampel, denn sie will grenzenlos sein“, bemerkte er bedächtig und griff nach dem Schal.

„Also, dein Vater sollte wirklich diese Sprüche in ein Buch schreiben. Er hat einen ziemlich guten Kopf auf den Schultern“, sagte seine Kollegin grinsend.

„Ja, den hat er. Wobei in dem Fall meiner Mutter das Lob gebührt.“

Judithsen nickte anerkennend und winkte ihm zum Abschied zu, bevor sie sich wieder ihrem Bildschirm zuwandte. Nach einer Weile und emsigen Tippen wanderte ihr Blick zur Kaffeetasse neben der Maus.

„Eine geht noch“, murmelte sie.

Es blieb nicht bei einer.

Am nächsten Tag zeigte sich das Wetter überraschend von seiner guten Seite. Das Blau des Himmels hatte zwar einen leichten Graustich, dafür sah man keine einzige Wolke und die Sonne schien auf Bäume, von denen viele in Blassgelb, Rotbraun und Ocker schimmerten.

Den Anblick würde ich gerne für den Rest des Herbsts abonnieren, dachte Westermann, als er und Judithsen in Richtung Recklinghausen Süd losfuhren. Verstärkt wurde sein Wunsch, als sie über die Brücke fuhren, die nahe des Stadthafens den Rhein-Herne-Kanal überspannte. Das durch ein weißes Schiff aufgewühlte Wasser reflektierte in kleinen glitzernden Wellen das Licht.

An der Tür zum Haus der Wichmeyers angelangt, fiel Judithsen der Briefkasten auf, welcher mit mehreren Briefen vollgestopft war. Offenbar hatte Frau Wichmeyer den Briefkasten noch nicht geleert. Oder waren es angestaute Kondolenzschreiben?

Sie drückte auf die Klingel.

Es dauerte etwas, bis Frau Wichmeyer zur Tür kam. Als sie die beiden Ermittler sah, breitete sich ein kleines Lächeln in ihrem Gesicht aus.

„Guten Tag. Was für eine Überraschung."

„Hallo, Frau Wichmeyer. Wir wollen gar nicht lange stören“, begrüßte Westermann sie. „Sie könnten uns aber bei zwei Unklarheiten, die auch Ihren Mann betreffen, weiterhelfen. Wenn Sie gerade Zeit haben.“

„Aber natürlich. Kommen Sie doch bitte herein. Ich habe es mir im Essbereich gemütlich gemacht“, meinte sie und winkte die Ermittler hinein.

Im Wohnzimmer fiel Westermann auf, dass Frau Wichmeyer unter Gemütlichkeit auch eine ordentlich aufgedrehte Heizung verstand. Er wischte sich über die Stirn und einen Teil seiner Glatze. Außerdem bemerkte er, dass auf dem Tisch zwei Gedecke standen. Eines davon wies einen Teller mit Würstchen und Gemüse auf. Es war fast nichts angerührt.

„Oh, haben Sie vielleicht Besuch? Stören wir Sie gerade beim Essen?“

Sie lächelte ihn sanft an. „Ach, ja. Nein, keine Sorge. Das zweite Gedeck steht nur aus Gewohnheit dort. Stören tun Sie außerdem auch nicht. Ich habe was gegessen und dann Vögelchen am Fenster gehört. Da wollte ich nachsehen, welche das sind. Und beim Lauschen und Suchen bin ich ganz in Gedanken versunken. Wissen Sie, früher hatte meine Mutter einen kleinen Kanarienvogel, den Boris." Ein kurzes Runzeln schlich über ihr Gesicht, bevor sie fortfuhr: „Oder war es Bob? Nein, nein, es muss Boris gewesen ein, weil so auch ihr Hund vorher hieß. Naja, jedenfalls mag ich wegen Boris Vögel und ihre Musik. Sie beruhigen mich immer."

„Verstehe", erwiderte Westermann nickend. Es kam ihm so vor, als hätte sich in Frau Wichmeyers Stimme nach anfänglicher Euphorie ein Stück nachdenkliche Melancholie eingeschlichen.

„Aber wo sind meine Manieren? Wollen Sie vielleicht was trinken? Ich habe gerade eben erst Kaffee aufgesetzt." In Windeseile holte sie drei Tassen hervor, stellte diese auf den Tisch und brachte aus der Küche eine kleine Kaffeekanne, aus der sie dampfend heißen Kaffee einschenkte.

Gerade, als sie und die Ermittler sich hinsetzen wollten, entfuhr Frau Wichmeyer erneut ein Geistesblitz: „Die Milch! Wie kann ich Ihnen den Kaffee ohne Milch servieren? Ich Schussel. Momentan weiß ich wirklich nicht, woran ich alles denken soll oder muss."

„Schon gut. Ich gehe eben", meinte Judithsen lächelnd.

„Aber ich kann doch die Polizei nicht …"

„Alles in Ordnung, Frau Wichmeyer. Bleiben Sie ruhig sitzen und essen bitte weiter", erwiderte Judithsen und machte eine beschwichtigende Handbewegung.

In der Küche angekommen, schaute sie zuerst nach Kondensmilch in den Schränken nach, fand aber nichts.

Sie öffnete die Kühlschranktür, spähte auf der Suche nach normaler Milch ins Innere und stockte dann. Ihre Augenbrauen zogen sich zusammen.

„Ah, vielen lieben Dank", meinte Frau Wichmeyer, als ihr Judithsen kurz darauf die Packung reichte. „Bitte entschuldigen Sie die Unordnung im Kühlschrank. Jetzt, wo ich alleine bin, muss ich auch dort noch so viel aussortieren." Sie schluckte schwer und goss sich mit zitternder Hand ein. Es schwappte bedenklich in der Tasse.

Dann griff sie nach einer kleinen Dose, die auf einem Tischchen neben ihr lag, klappte diese auf und meinte mit einem entschuldigenden Blick hin zu den beiden Ermittlern: „Verzeihung, aber ich muss laut Frau Knopfler ein paar Ergänzungsmittel für eine Weile zu mir nehmen." Sie griff hinein und runzelte die Stirn. „Wie sonderbar. Ich hätte schwören können, dass ich die Tabletten hier reingetan habe."

„Soll ich gerade Ihnen diese holen gehen?", fragte Judithsen und stand wieder auf.

„Oh, das wäre sehr freundlich von Ihnen. Sie müssten oben im Schlafzimmer sein. Da gehen sie ganz nach links, wenn sie die Treppe hoch sind. Links neben dem Bett steht ein Nachttisch. In der obersten Schublade müssten sie liegen."

„Ok, einen Augenblick." Judithsen nahm zwei Stufen auf einmal und betrat mit raschen Schritten das Schlafzimmer. Der Teppichboden schluckte dabei fast völlig deren Geräusche.

Das Zweipersonenbett war glatt bezogen und wirkte fast,

als hätte niemand je darin geschlafen. Außerdem roch es leicht nach Lavendel.

Judithsen öffnete die oberste Schublade und griff nach einer Schachtel mit Nahrungsergänzungsmitteln. Ihr Blick streifte dabei auch die anderen Dinge in der Schublade. Zum Beispiel zwei Packung von Livinox, einem Medikament, von dem sie wusste, dass es als starkes, rezeptfreies Schlafmittel diente.

Warum bewahrte Frau Wichmeyer gleich zwei davon auf? Noch dazu völlig ungeöffnet?

Nachdenklich kehrte Judithsen zurück und reichte Frau Wichmeyer die Schachtel.

„Sie sind ein Schatz. Also, womit kann ich Ihnen denn diesmal helfen?"

Westermann zückte sein Smartphone. „Wir haben gestern ein Gespräch sowohl mit Michael Dackmann, als auch mit Ihrem Neffen geführt", meinte er. „Der Grund für das Erste entstand dadurch, dass wir von einer hitzigen Auseinandersetzung zwischen Michael Dackmann und ihrem

Mann erfahren hatten. Wissen Sie, wovon ich rede?“

Die alte Dame starrte ihn mit höflicher Verwirrung an, bevor sich ihre Miene wieder aufhellte. „Ach, ja. Ernst sah an dem Tag danach nur noch angespannt aus. Ich habe ihn darum gebeten, mir zu sagen, was denn wirklich los gewesen war. Aber er wollte nur noch einen schönen Restabend haben.“ Sie lächelte versonnen, als die Erinnerung sie einholte. „Er hat mich in den Arm genommen, geküsst und wir haben ein klein wenig getanzt. Das war so schön, ich habe alles um mich herum vergessen.“

„Hat er sich in den Tagen danach irgendwie anders verhalten?“

Frau Wichmeyers Blick flackerte, als sie aus ihrem Tagtraum erwachte. „Wie bitte? Ach, ja, da war etwas, das ich merkwürdig fand. Er ist ein- oder zweimal weggegangen, ohne mir Bescheid zu geben. Danach hat er nie darüber reden wollen, warum er weg war.“

Wahrscheinlich waren das seine Besuche auf der Wache gewesen, mutmaßte Westermann und erzählte ihr davon.

Die Überraschung in ihrem Gesicht hätte nicht größer sein können.

„Ach, du liebe Güte! Was hat er sich dabei nur erhofft? Ich verstehe das nicht. Darüber hätte er mit mir doch reden können und müssen.“ Sie nahm einen tiefen Schluck aus der Tasse und verzog kurz wegen der Hitze den Mund. „Wissen Sie, irgendwann blieb uns nichts Anderes mehr übrig, als auch zu akzeptieren, dass Simons Tod wohl nie aufgeklärt werden wird. Das war nicht leicht, aber wir haben lange darüber geredet und fanden dann auch einen Zeitpunkt, ab dem wir so weit waren, wieder nach vorne zu blicken. Simon war weg, für uns aber immer da, wenn Sie verstehen, was ich meine.“ Westermann und Judithsen nickten beinahe synchron. Letztere fügte auch noch hinzu: „Frau Wiertz hat uns gegenüber auch erwähnt, wie sehr Sie und Ihr Mann zusammen gehalten haben. Das hat sie wohl sehr beeindruckt.“

„Oh, wie lieb. Naja, man bleibt halt an der Liebe hängen, die man hat. Für uns gab es nur noch den Weg zu zweit.“ Frau Wichmeyer schluckte schwer und strich sich eine Strähne aus dem Gesicht.

„Hätte Ihr Neffe da nicht noch hinzu gepasst?“, wollte Judithsen wissen.

„So sehr ich Bruno auch schätze, er hat sich nie derart benommen, dass er ein fester Bestandteil der Familie oder eine Stütze gewesen wäre. Nein, es gab in dieser Richtung nur Ernst und mich. Das haben wir uns damals versprochen.“

Judithsen nickte nachdenklich und schwieg. Dabei kniff sie etwas das linke Auge zu und betrachtete konzentriert die Tischmaserung, als würde sie versuchen, ein unsichtbares Puzzle zu lösen.

Westermann beugte sich nach vorne und meinte: „Wo wie gerade bei Ihrem Neffen sind, hat er Ihnen vor Kurzem einen Fresskorb geschenkt?“

„Hm … oh, den wir zum Hochzeitstag bekommen hatten? Ja, daran erinnere ich mich sehr gut.“

„Erinnern Sie sich auch an Einzelheiten aus dem Korb?“

„Selbstverständlich! Da waren dabei Serrano-Schinken, Weißwein, Parmesan, Walnussöl, Erdnu …“ Plötzlich brach sie ab. Wo eben noch in Frau Wichmeyers Gesicht Versonnenheit Einzug gehalten hatte, breitete sich nun erschreckte Erinnerung und der Hauch einer Erkenntnis aus. „Oh, nein. Sagen Sie mir jetzt bitte nicht, dass das Erdnussöl, das Bruno uns geschenkt hat, das gleiche ist, welches Erich getötet hat!“

„Es sieht danach aus. Wie haben Sie damals reagiert? Denn von der Allergie Ihres Mannes muss er gewusst haben.“

„Also, wir haben es mit Humor genommen, auch wenn es Bruno sichtlich unangenehm gewesen ist … entschuldigen Sie, aber ich bin gerade etwas neben mir …“

„Das ist verständlich. Ich muss Sie dennoch fragen, was Sie mit der Flasche gemacht haben.“

Frau Wichmeyer griff nach einer Strähne und drehte diese leicht fahrig zwischen den Fingern, bevor sie leise antwortete: „Ich habe die Sachen erst einmal in die Küche gestellt. Immerhin wollten wir nicht, dass Bruno sich noch peinlicher berührt fühlte. Außerdem kann man solche Dinge auch noch weiterverschenken. Es war ja auch nur eine Sache …“ Sie runzelte die Stirn. Was auch immer ihr gerade durch den Kopf ging, es schien ihr wirklich Unbehagen zu bereiten.

„Ok, aber haben Sie danach die Sachen noch weggeräumt oder die Erdnussölflasche verschenkt?“, fragte Westermann und tippte eine weitere Notiz ein.

„Also … verschenkt habe ich sie nicht … glaube ich. Ernst hat die Flasche auch nicht mehr erwähnt … aber ich habe sie nicht mehr angefasst.“

Es bestünde also immer noch die Möglichkeit, dass ihr Neffe auf das Öl zurückgegriffen hat, dachte Westermann. „War danach noch jemand in der Küche?“

„Nein, nicht, dass ich wüsste.“ Frau Wichmeyer sah ihn leicht hilflos an. „Ich bin nicht wirklich eine große Hilfe für Sie, oder?“

„Das würde ich nicht sagen. Sie haben uns in ein paar Dingen eine Bestätigung und Klarheit gegeben.“ Westermann steckte sein Smartphone ein und deutete auf das Essen. „Ich denke, fürs Erste wäre das alles. Außerdem haben wir

Sie jetzt so lange aufgehalten, dass Ihr Essen nun leider völlig kalt sein dürfte."

„Ach … das ist nicht schlimm. Das wärme ich gleich noch einmal auf." Frau Wichmeyer stützte sich an der Tischkante ab und stand auf.

An der Eingangstür zog Judithsen die Briefe aus dem Kasten, nickte Westermann zu, damit dieser schon einmal den Wagen holte und reichte die Schreiben an Frau Wichmeyer.

Diese schaute erstaunt die Papiermenge an und nahm sie vorsichtig entgegen. Unschlüssig drehte sie diese in den Händen hin und her, bevor sie lächelnd Judithsen anblickte und sich bedankte.

Ein paar Minuten später, als sie an einer roten Ampel standen, drehte sich Westermann zu seiner Kollegin hin und fragte: „Sag mal, Marlene, was schaust du eigentlich seit vorhin so in dich gekehrt aus?"

Sie rieb sich die Nasenspitze und erzählte ihm von dem Schlafmittel und wie komisch ihr das vorkam.

„Naja, jeder kauft mal etwas doppelt. Aber das kann ja wohl kaum der Grund für deine Miene sein, oder?“

Seine Kollegin nickte und meinte dann mit Bedacht: „Du, Bernd, wo bewahrst du deine Post auf?“

„Auf der Kommode im Flur oder auf dem Wohnzimmertisch. Warum?“

„Als ich den Kühlschrank durchsucht habe, sind mir ein paar zum Teil geöffnete Briefe aufgefallen.“ Sie sah ihn mit hochgezogener Augenbraue an. „Wer verstaut seine Post denn dort?“

„Niemand, den ich kenne. Glaubst du, sie hat das heute aus Versehen getan?“

„Laut Poststempel waren die Briefe von gestern. Und bei einem der Geöffneten habe ich das Logo einer Arztpraxis gesehen.“

Westermann schaute sie kurz überrascht an und fuhr los. „Eine Arztpraxis? Naja, sie ist älter, da kann das alles Mögliche bedeuten. Warum hast du sie nicht einfach darauf angesprochen?“

„Bernd, da ist noch etwas. Als du den Wagen geholt hast, habe ich sie nach der Uhrzeit gefragt. Wegen … naja, nennen wir es einmal Bauchgefühl. Sie hat auf ihre Armbanduhr geschaut und mir eine Zeit genannt, die so gar nicht stimmte. Die Uhr zeigte aber die richtige Zeit an."

Ihr Kollege schwieg und wechselte den Gang. Dann meinte er sehr ruhig: „Ich verstehe."

„Was machen wir jetzt? Wir sind keine Ärzte, um sichergehen zu können."

„Gute Frage. Mir stellt sich auch die Frage, inwiefern dies ihre bisherigen Aussagen noch brauchbar macht."

Den Rest der Fahrt schwiegen sie.

Kapitel 12

Das Schweigen hielt auch im Büro an. In diesem Fall schloss sich Rollbach, nachdem er von den Entdeckungen in Kenntnis gesetzt worden war, dem stillen Gedankenprozess an.

Schließlich meinte er: „Wir könnten es ja mit diesem Uhrentest versuchen. Der ist doch so etwas wie ein Standard dafür, oder?“

Judithsen, die den Kopf mit beiden Händen abgestützt hatte, erhob diesen und meinte: „Das wäre eine Idee, allerdings weiß ich von einer Freundin, dass es da eine etwas bessere Methode, den Mini-Mental-Status-Test. Das ist so ein Schnelltest, mit dem man schnell feststellen kann, ob eine Demenz sich entwickelt oder bereits dabei ist ihre Fänge in den eigenen Verstand zu schlagen.“ Sie starrte nachdenklich zur Decke. „Ich meine mich auch daran zu erinnern, dass sie sagte, dass der Test nicht nur zusammen mit Angehörigen, sondern auch beim Arzt gemacht werden kann.“

„Meinst du, dass die Post vom Arzt, die du gesehen hast,

diesen Test enthielt?“

„Eher nicht. Denn den hätte ihr der Arzt ja nicht per Post zuschicken müssen. Ich würde eher davon ausgehen, dass es ein Behandlungsplan oder dergleichen ist.“

Westermann, der an seinem Platz eine Tasse in dem Händen gedreht und den schwappenden Kaffee betrachtet hatte, meinte mit nachdenklicher Stimme: „Ob er es gewusst hat?“

Seine Kollegen starrten ihn verständnislos an.

„Ernst Wichmeyer. Hat er von der Erkrankung seiner Frau gewusst? Und wenn ja, wie hat er darauf reagiert?“

„Glaubst du nicht, dass sie ihm das gesagt hat? Denk nur an die ganzen Zettel in der Küche“, sagte Judithsen. „Die sind doch von zwei verschiedenen Personen beschriftet worden.“

Ihr Kollege wischte sich über die Stirn und kniff die Augen zusammen. „Marlene, du vergisst da leider, dass eine solche Diagnose eine große Verunsicherung mit sich bringt. Im Alter passiert es vielen Menschen, dass sie mit einem Kontrollverlust konfrontiert werden, mit dem sie nicht umgehen können. Wenn dann so etwas wie Demenz oder Alzheimer hinzukommt, dann kann das dem Betroffenen wie ein Sargnagel vorkommen. Ich kenne den Einen oder Anderen, der dann versucht hat es zu kaschieren, um der Hilflosigkeit entgegen zu arbeiten. Hilfe dann anzunehmen oder sich jemandem anzuvertrauen, fällt sehr schwer … weil es zum Beispiel als Schwäche verstanden wird oder werden kann."

„Du meinst also, dass sie ihrem Mann die Zettel einfach als Organisationshilfe für systematisches Arbeiten verkauft hat?"

„Das könnte so sein. Manch Demenzkranker entwickelt ein erstaunlich überzeugendes Talent der Vertuschung und Schauspielerei. Das geht aber nur eine bestimmte Zeit gut. Wirklich wissen können wir es wahrscheinlich nie, es sei denn Frau Wichmeyer öffnet sich uns diesbezüglich."

Westermann stand auf, drehte seine Tafel um und schrieb sämtliche Fakten auf, die durch die neue Faktenlage betroffen sein konnten. Als er den letzten Strich tat, trat er etwas zurück und drehte den Stift in der Rechten gedankenverloren herum. Dann setzte er diesen wieder an und schrieb in Stichpunkten ein paar Fragen hinzu, die auf einer Theorie fußte, die sich gerade in seine Gedankengänge geschlichen hatten.

Als seine Kollegen die Fragen lasen, weiteten sich ihre Blicke.

„Wenn das stimmt, dann hat jemand ziemlichen Bockmist verzapft“, sagte Judithsen.

„Und das hoffentlich nur unabsichtlich“, bemerkte Rollbach und rieb sich den Nasenrücken. „Jedenfalls sollten wir nicht allzu viel Zeit verlieren und eine kleine moderierte Zusammenführung arrangieren.“

Westermann nickte. „Kontrollierte Konfrontation, um aus Synergie ein Ergebnis zu schaffen. Gute Idee. Rolli, kümmerst du dich darum, dass Bruno Wichmeyer dabei ist?“

„Klar. Wann sollen wir uns bei Frau Wichmeyer treffen?“

„In einer Stunde.“ Westermann dachte kurz nach und erklärte seinen Kollegen dann, was er vorhatte.

Besagte Stunde später trafen Westermann und Judithsen an der Tür zum Haus der Wichmeyers nicht die Eigentümerin an, sondern Frau Feldmann. Genau wie beim letzten Mal öffnete diese zunächst argwöhnisch die Tür, nur um sie dann freundlich anzusehen.

„Hallo, Frau Feldmann, ist Frau Wichmeyer da?“. Fragte Westermann.

„Ja, aber es geht ihr nicht gut. Sie rief mich vorhin an und klang ganz durcheinander. Irgendetwas beschäftigt sie und ich konnte noch keinen Sinn in dem finden, was sie sagt.“

Die beiden Ermittler sahen sich an. „Ich glaube, dabei können wir helfen“, bemerkte Westermann. „Wo ist sie?“

„Im Wohnzimmer.“ Frau Feldmann ging voraus. „Sie meinte irgendetwas davon, dass alles ganz schrecklich sei, sie sich bestimmt irren würde und sich entschuldigen müsse. Ganz komisches Zeug:“

Im Wohnzimmer saß eine kreidebleiche Frau Wichmeyer mit gefalteten Händen an der linken vorderen Esstischecke und sah sie nur kurz an, bevor ihr Blick ruckartig wieder zum Tisch ging und sie ein leises „Oje." murmelte.

„Das müssen ihre Nerven sein. Die Ungewissheit der letzten Tage war einfach zu viel. Ich hoffe wirklich, dass Sie gute Neuigkeiten haben." Jedes Wort unterstrich Frau Feldmann mit einem schmalen, aber offenen Lächeln.

Doch als sie sah, wie Bruno Wichmeyer, den Judithsen zusammen mit Rollbach hineingelassen hatte, hereintrat, wandelte sich ihre nervöse Freundlichkeit in starke Irritierung und Ablehnung um. „Was macht der denn hier? Ich denke, den haben Sie einkassiert?"

„Ich nehme mal an, dass Sie sich dies nach einem Gespräch mit Michael Dackmann zusammengereimt haben. Allerdings besteht momentan keine Grundlage, Herrn Wichmeyer festzuhalten. Und um Ihre erste Frage zu beantworten: seine Anwesenheit ist unter Umständen nötig, um den Fall abschließen zu können", erwiderte Westermann ruhig.

Bruno Wichmeyer sah ihn unsicher an, bevor er zu seiner Tante schritt und sie ungelenk umarmte.

„Schön dich zu sehen, Bruno“, flüsterte sie ihm ins Ohr.

Frau Feldmann rümpfte leicht die Nase und starrte ihn weiter missbilligend an. Er trat wieder zurück, lehnte sich gegen ein Regal und erwiderte stur ihren Blick.

„Und was jetzt?“, brummte er.

Westermann stellte sich relativ mittig in den Raum, sodass er alle Beteiligten im Blick behalten konnte. Alle, bis auf Rollbach, der sich in Richtung Küche verkrümelt hatte.

„Nun, zunächst einmal möchte ich mit Ihnen rekapitulieren. Wir wissen inzwischen, dass das Erdnussöl, das Herrn Ernst Wichmeyer getötet haben muss, aus einem Fresskorb stammt, den Bruno Wichmeyer vor dreieinhalb Wochen als Geschenk zum Hochzeitstag vorbeigebracht hatte.“

„Aha!“, entfuhr es Frau Feldmann, der Westermann mit einer Handbewegung gebot, leise zu sein. Ihm fiel auch auf wie Frau Wichmeyer bei seinen Worten zusammengezuckt war und immer wieder nervös zu ihrem Neffen hinüber blickte.

„Wir wissen auch, dass es keine weiteren Spuren diesbezüglich gibt. Laut Frau Wichmeyer, mit der wir vorhin noch gesprochen haben, hat sie die Lebensmittel weggepackt und das Öl hat das Haus wohl nicht verlassen. Es muss also hier zur Hand genommen und verwendet worden sein."

„Worauf wollen Sie hinaus?", fragte Frau Feldmann lauernd. Ihr entging völlig, wie neben ihr Frau Wichmeyer mit großen Augen und zitternder Unterlippe Westermann betrachtete. Er bemerkte dies jedoch sehr wohl.

„Nun, ich muss zugeben, dass die Faktenlage bis zu diesem Punkt keine weitere klare Spur zu der Antwort liefern kann, wer der Täter ist. Doch dann stieß meine

Kollegin Judithsen auf etwas, was uns stutzig machte."

In diesem Moment trat Rollbach ein und nickte kurz.

Westermann trat etwas an den Tisch heran und sprach mit sanfter Stimme Frau Wichmeyer an: „Verzeihen Sie, wenn ich das so direkt frage, aber haben Sie damals das Öl wirklich weggepackt?"

„Ja.“ Ihre Stimme war leise und zitterte leicht.

„Äh, Moment, du hast es damals nur zu den anderen Gewürzen und Ölflaschen gestellt“, bemerkte Bruno Wichmeyer irritiert.

„Ja, klar, als ob sie und Ernst für mehrere Wochen die Flasche einfach vergessen hätten“, giftete Frau Feldmann ihn an.

„Ich fürchte, dass dies gar nicht so unwahrscheinlich sein dürfte“, bemerkte Westermann seufzend. Frau Wichmeyer starrte ihn wie hypnotisiert an. „Rolli, gib sie mir bitte einmal.“ Rollbach trat näher und reichte ihm einen Stapel Briefe. „Diese Briefe hat meine Kollegin vorhin im Kühlschrank gefunden, wo sie, wenn man sich den Schaden durch Kälte ansieht, bis gerade eben immer noch gelegen haben.“

Frau Feldmann und Bruno Wichmeyer blickten erst ihn stirnrunzelnd an und wandten sich dann Frau Wichmeyer zu.

„Evelyn, was hat das zu bedeuten?“, fragte ihre Freundin

sie vorsichtig.

Ein unterdrücktes Schluchzen, eine einzelne Träne und ein stummes Kopfschütteln war alles, was sie als Antwort bekam.

„Frau Wichmeyer, bei den Briefen ist auch ein Arztschreiben dabei. Wir haben es uns nicht angesehen. Aber angesichts der Zettel in der Küche, dem Kühlschrankfund und der Tatsache, dass Sie vorhin meiner Kollegin eine falsche Uhrzeit genannt haben, obwohl ihre Armbanduhr etwas anderes anzeigte, liegt die Vermutung nahe, dass Sie krank sind. Liegen wir da richtig?“

„Das kann nicht sein“, murmelte Frau Feldmann und griff nach der Schulter ihrer Freundin. „Evelyn, sag jetzt

nicht, dass du … ich meine … hast du Demenz?“

Tränenfeuchte Augen blickten sie an und ein kleines Nicken bestätigte, was die Ermittler vermutet hatten.

Bruno Wichmeyer warf die Hände in die Luft. „Na, super! Also ist alles, woran sie sich erinnern kann für die Katz.“

Abermals musste Westermann mit einer Handbewegung Frau Feldmann daran hindern aufzubrausen. Währenddessen setzte sich Judithsen gegenüber Frau Wichmeyer und fragte sie: „Wusste Ihr Mann Bescheid?“

Frau Wichmeyer blickte sie mit hängenden Schultern an. „Natürlich. Irgendwann ist auch ihm aufgefallen, dass ich Sachen verlegte oder durcheinanderbrachte. Oder dass ich Termine vergaß und Verletzungen hatte, von denen ich nicht wusste, woher sie kamen.“

Also daher auch die Flecke, die der Doktorin aufgefallen sind, fuhr es Rollbach durch den Kopf.

Judithsen lächelte die alte Dame aufmunternd an und diese fuhr stockend fort: „Ich habe dann vor Kurzem bei meinem Hausarzt einen Test gemacht … und die Diagnose können Sie sich ja denken. Ernst … Ernst und ich waren so vor den Kopf gestoßen … es lief doch gerade erst wieder gut, mit dem Gewinn und allem.“ Ihre Schultern zitterten leicht. „Und jetzt … jetzt sollten wir nicht nur Simon verlieren, sondern auch mich. Das konnte doch nicht wahr sein … wir hatten uns doch versprochen, für immer für einander da zu sein … weshalb wir auch einen Plan hatten."

„Die Schlaftabletten?", mutmaßte Judithsen und sah bereits schon an Frau Wichmeyers Blick, dass sie richtig lag.

„Ja, Ernst meinte, dass er mich nicht auch noch verlieren könnte. Und ich … hatte so Angst vor dem Nebel in meinem Kopf."

Die Erkenntnis, was sie da sagte, traf Bruno Wichmeyer und Frau Feldmann sichtlich. Letzte schlug nicht nur die Hände vor dem Mund zusammen, sie lehnte sich auch mit fassungsloser Miene im Stuhl zurück.

„Wir wollten ein paar Sachen noch regeln. Zum Beispiel

unseren Anteil gerecht auf alle Tipper verteilen. Und dann … dann wollte wir ein letztes gutes Essen zu uns nehmen und danach einschlafen."

„Als wir vorhin mit Ihnen über das Öl gesprochen hatten, schienen Sie sich an etwas erinnert zu haben, was Sie beunruhigt hat. Was war das?"

Da es Frau Wichmeyer sichtlich unwohl zu sein schien, darauf zu antworten, reichte Judithsen ihr zunächst ein Taschentuch und entschloss sich dann, ihr eine kleine Starthilfe zu geben. „Erinnern Sie sich an etwas kurz vor dem Tod Ihres Mannes?“

Nach einem lauten Schnäuzen und einem Moment der Stille, brach es aus Frau Wichmeyer heraus: „Ich glaube, ich habe das nur wegen des Schocks verdrängt, aber … ich habe das Öl noch einmal benutzt.“

Im Raum hätte man eine Stecknadel fallen lassen hören.

„Ich wollte für das Essen das Dressing für den Salat anzusetzen und habe nach der Flasche für Walnussöl gegriffen.“

„Die im Übrigen der Flasche mit dem Erdnussöl ähnlich sieht“, bemerkte Rollbach und hob diese hoch.

„Genau … ich habe meinen Fehler erst zu spät bemerkt. Doch bevor ich ihn beheben konnte, rief mich Ernst ins Wohnzimmer. Er hatte gerade festgestellt, dass der Wein leer war.“

„Also sind sie los, um ihn zu holen und haben das Dressing vergessen?“

Sie schluckte, nickte und wagte es nicht nach links oder rechts zu schauen.

„Was ich nicht so ganz verstehe, ist, warum Sie die Flasche extra abgewischt haben.“

„Habe ich nicht. Ich trage nur immer Handschuhe, wenn ich mit Zwiebeln, Knoblauch oder anderen Sachen arbeite, die meine Hände färben oder mit schlechtem Geruch belegen könnten.“

„Aber warum hast du die Flasche dann wieder versteckt? Das macht doch keinen Sinn!“, entfuhr es Frau Feldmann. Sie schien wirklich darum bemüht, sich wieder aus

ihrer entsetzten Faszination zu befreien.

Da dies eine durchaus interessante und berechtigte Frage war, nickte Judithsen der sichtlich erschrockenen Frau Wichmeyer aufmunternd zu und sagte: „Fahren Sie bitte fort.“

„Ich weiß nicht, warum ich es gemacht habe. Vielleicht wollte ich einfach nur sichergehen, dass die Flasche weg ist. Es ist alles so verschwommen …“ Ihr Oberkörper krümmte sich nach vorne, als sie von einem Weinkrampf geschüttelt wurde. Beinahe an ihren Tränen erstickend, presste sie hervor: „Das … das wollte ich doch nicht. Ich konnte ja nicht ahnen, dass Ernst ohne mich die Gerichte fertig macht und schon einmal damit anfängt zu essen. So sollte es nicht enden. Es tut mir so leid, Ernst. So unendlich leid …“ Ihre Stimme kippte und es erklang im Raum nur noch ein leises Wimmern.

Eine sichtlich geschockte Frau Feldmann rückte an ihre Freundin heran und legte sanft den linken Arm um deren Schultern. Sie wiegte die alte Dame, die in der halben Umarmung noch mehr zusammensank, wie ein kleines

Kind hin und her.

Ein betretendes Hüsteln erklang aus Bruno Wichmeyers Richtung. „Und was jetzt?“

Gute Frage, dachte Westermann. Die rechtlichen Konsequenzen durften auf Grund von Frau Wichmeyers gesundheitlichem Zustand nicht einfach sein. Doch um diese Art der Klärung mussten sich Juristen kümmern.

Mit einem kurzen und leisen Seufzer trat er an Frau Wichmeyer heran, legte ihr vorsichtig die Hand auf die freie Schulter und sagte ruhig: „Frau Wichmeyer, ich muss Sie nun leider bitten, mit uns zu kommen.“

Ein verschleierter Blick streifte erst seine Hand und fiel dann in sein Gesicht. Fast schon mechanisch nickte Frau Wichmeyer und versuchte aufzustehen. Das gelang ihr nicht ganz so gut, da Frau Feldmann sie nur widerstrebend losließ. Schwankend stand sie da und wurde dann von dem Ermittler Richtung Ausgang begleitet. Dabei achtete Westermann besonders darauf, dass sie nicht doch noch plötzlich zusammenbrach.

Während sie ihre Freundin im Wagen verschwinden sah, trat Frau Feldmann an Judithsen heran, die draußen vor der Tür stand. „Wie konnte ich Evelyns Krankheit nur übersehen?“, fragte sie und klang dabei eher so, als würde sie die Welt im Allgemeinen fragen wollen. „Ich kann das Alles einfach nicht glauben. Was … soll ich jetzt tun?“

„Sie können im Moment nur abwarten. Und machen Sie sich bitte auch keinen Kopf darüber, ob Sie etwas hätten merken sollen oder müssen. Ich weiß, dass man das so einfach sagen kann, aber vergessen Sie bitte auch nicht, dass es bei den Wichmeyers lag darüber zu entscheiden, wann sie darüber sprechen wollten."

Westermann winkte Judithsen zu. Sie gab Frau Feldmann zum Abschied die Hand und stapfte durch raschelndes Laub zum Wagen. Rollbach, der Bruno Wichmeyer hinausgeführt und die Tür hinter sich zugezogen hatte, folgte ihr.

Auf der ganzen Rückfahrt schüttelte es Frau Wichmeyer weiter. Ihre Stimme war zwar mit der Zeit zu einem undeutlichen Murmeln verkümmert, man konnte aber gelegentliches Entschuldigen und den Namen ihres Mannes heraushören. Den Blick hielt sie die ganze Zeit in den Fußraum gerichtet. Ihre Hände ruhten wie zum Gebet gefaltet an ihrer schmalen Brust.

Rollbach kam es wieder so vor, als wolle sich die alte Dame von der Realität um sie herum abkapseln. Diesmal sogar noch mehr, als zuvor.

Später am Tag kam er ins Büro von Westermann und Judithsen. Das Schicksal der Wichmeyers geisterte ihm durch den Kopf. „Bernd, dein Riecher überrascht mich immer wieder. Wobei es mir immer noch nicht in den Kopf will, warum die Wichmeyers diesen Ausweg gehen wollten."

„Für sie mag es richtig gewesen sein", meinte Judithsen nachdenklich, während sie Aktenordner einordnete. „Sie wollten sich nicht durch das Vergessen verlieren und Angst lässt einen Menschen auf die seltsamsten Ideen kommen. Ich könnte so etwas nicht durchziehen, wenn ich in ihrer Situation wäre."

Westermann, der sich mit der richtigen Formulierung für einen Bericht abmühte, bemerkte: „Von dem Plan der Wichmeyer mag man halten, was man will. Eine Tragödie wurde daraus leider so oder so."

„Eine Tragödie, die trotz eines Endes noch nicht vorbei ist", fügte Rollbach hinzu.

Er stellte sich ans Fenster und blickte nach draußen zur Straße hinab. Das fiel ihm nicht unbedingt leicht, denn es regnete wieder und diesmal pressten kräftige Windstöße die dicken Tropfen geradezu energisch gegen das Glas.

„Hm, das Wetter sieht ja herzallerliebst aus“, brummte er missmutig. „Da kann ich ja meine Freizeitplanung in die Tonne kloppen.“

„Du meinst deinen Pseudo-Marathon“, bemerkte Judithsen und trat mit einer Kaffeetasse neben ihn. Sie nahm einen tiefen Schluck und betrachtete die Schlieren der Regentropfen auf dem Glas.

„Findest du das vielleicht so toll, wenn dir der Abend verregnet wird?“

„Nun, heute nicht. Ein Kumpel wollte mich zu einem Vortrag über die Geschichte der Schalker Fußballvereine mitnehmen.“

Rollbach stieß sie lachend in die Seite. „Hey, was ist los? Ich denke, du bist Fan?“

„Rolli, du weißt, dass ich blaues Blut und weiße Knochen

habe. Aber ich sehe die Mannschaft lieber auf dem Bolzplatz, als in irgendeinem Diavortrag. Von daher bin ich gerade um diese Ausrede da draußen ganz froh.“

Nach kurzem Schweigen schlug Rollbach vor: „Sollen wir dann einfach später durch den Regen stürmen und was trinken gehen?“

„So als aufheiternder Tagesabschluss?“

„Ich wäre dabei“, meinte Westermann und lugte hinter seinem Bildschirm hervor.

„Super, ein Dreifach-Date unter Kollegen!“, witzelte Rollbach und hob gegenüber Judithsen die Hand zum High Five.

Er erntete nur Schweigen.

Der Regen nahm weiter an Intensität zu.

Werdegang

Lukas Brückner, Jahrgang 1989, wuchs in Lohmar auf. Er studierte in Köln Bibliothekswesen, mit Abschluss Bachelor.

Seit Januar 2016 arbeitet er an der Stadtbibliothek Recklinghausen. Inspiriert durch den Flair der Gebäude und dem Wesen der Recklinghäuser, entschloss er sich Krimis zu schreiben, die ganz nebenbei Recklinghausen greifbar machen für Leser in und fernab der Ruhrfestspielstadt. 2018 erschien sein erster Band „Letzte Rast Recklinghausen".

Inzwischen lebt er auch in Recklinghausen.